Gerhard W. Wolf

GEHEIMBUND · Letzte Warnung

peb BÜCHEREI

Gerhard W. Wolf

GEHEIMBUND
Letzte Warnung

engelbert

Neuauflage des 1953 im Sebaldus-Verlag
erschienenen Buches:
„Der Geheimbund auf großer Fahrt"

ISBN 3 536 00993 X
1. Auflage 1972
Gesamtausstattung: Klaus Dill

Gebr. Zimmermann GmbH, 5983 Balve/Westf., Widukindplatz 2

Satz, Druck und Einband: Grafischer Betrieb Gebr. Zimmermann GmbH, Balve

Blinde Passagiere an Bord?

Ein strahlend blauer Tag begleitete die schnelle Fahrt der „Queen Victoria". Der Ozeanriese war auf dem Wege nach Australien.

In der Funkzentrale saß der Funker und unterhielt sich mit dem dienstfreien Maschinisten.

„In einer Stunde liegt der Ärmelkanal hinter uns, und wir schwimmen im Atlantischen Ozean", sagte der Maschinist. „Du hast wohl Langeweile, was?"

Der Funker legte den Kopfhörer ab. „Kein Funkspruch — nichts", sagte er. „Im Äther ist Ruhe. Ich habe einen Vorschlag — vertreiben wir uns die Zeit ein bißchen! Ich weiß einen neuen Zaubertrick."

„Ich auch", sagte der Maschinist und zog ein Kartenspiel aus der Tasche. Er machte ein geheimnisvolles Gesicht. „Es ist das größte Zauberkunststück des Jahrhunderts. Der große Zauberer Nemsi Kara Bella hat es mir gezeigt."

Erwartungsvoll legte der Funker die Beine übereinander. „Was ist das für eine Zauberei?" fragte er. „Willst du mich verschwinden lassen, oder soll das Schiff auf einmal fliegen?"

„Wart ab", entgegnete der Maschinist und setzte sich mit verschränkten Beinen auf den Boden. Er breitete die Karten auf dem Boden aus und legte seine Taschenuhr daneben. Mit dunkler Stimme murmelte er: „Geister, erscheinet in dieser Stunde, helft eurem Meister im Zauberbunde, Abrakadabra — der Zauber gelinge!"

Die Karten begannen sich plötzlich zu bewegen. Dem Funker fielen beinahe die Augen aus dem Kopf. Er hielt sich auf dem Stuhl fest und starrte auf die Karten, wie sie langsam auf die Uhr zuwanderten. Der Maschinist spreizte die Finger und rief mit unheimlicher Stimme: „Alle Geister, helft eurem Meister — Karten bewegen sich, Kartenspiel regt sich ... fliegt!"

Da begann der Telegraphenschreiber zu ticken.

Die Männer sahen die Buchstaben auf dem Papierstreifen, die sich zu Sätzen formten: „achtung ... achtung ... meldung an den kapitän der queen victoria — stop — die drei jugendlichen günter fröhlich wiesel karsten und ajax hümmer vermißt — stop — durchsucht schiff — stop — jungen vermutlich an bord — stop — polizeipräsidium hamburg. inspektor larsen."

Der Funker und der Maschinist sahen sich sekundenlang in die Augen. Endlich brach der Funker das Schweigen: „Jetzt kannst du den größten Zaubertrick des Jahrhunderts lernen und die vermißten Jungen herzaubern. Ich muß sofort an Deck zum Kapitän!" rief der Funker, verließ die Funkkabine und rannte zur Kommandobrücke.

Die Spur führt zum Hafen

Im Zimmer des Inspektor Larsen im Hamburger Polizeipräsidium saß eine buntgewürfelte Schar. Tante Luise weinte leise in ihr Taschentuch hinein, während fünf Jungen verlegen zum Schreibtisch sahen.

„Der Funkspruch an die Queen Victoria ist hinausgegangen", knurrte Larsen. „Hoffen wir, daß die Jungen an Bord sind." Er wandte sich an Tante Luise. „Und jetzt berichten Sie bitte nochmal von vorne."

Tante Luise wischte sich die Tränen aus den Augen und erzählte: „Ajax, Günter und Wiesel kamen am ersten Ferientag zu mir. Ihre Eltern in Eicha hatten sie geschickt. Die Jungen sollten mit der Queen Victoria zu ihrem Onkel nach Australien fahren."

„Warum haben Sie den Jungen nicht gesagt, daß sie für ein halbes Jahr auf die Farm ihres Onkels dürfen?"

„Weil ...", schluchzte Tante Luise und brach dann ab. Sie sah auf. „Ich wollte es den Jungen erst kurz vor Abfahrt des Schiffes mitteilen. Zwei Tage vorher waren sie plötzlich verschwunden. Ihre Eltern hatten mir alles geschickt, Visa, Koffer und was man alles braucht."

„Und dann", fuhr der Inspektor fort, „sind Sie zur Polizei gegangen. Und die Polizei hat sie überall gesucht, aber nicht gefunden. Weshalb", fragte er, „kommen Sie nun plötzlich au die Idee, daß die Jungen an Bord der Queen Victoria sein könnten, wo alle drei doch gar nicht wissen, daß sie mit diesem Schiff fahren sollten?"

Tante Luise wies auf einen blonden Jungen. „Der kleine Hein kam heute morgen zu mir und berichtete eine wichtige Beobachtung."

Der Beamte erhob sich, ging auf den blonden Jungen zu und faßte ihn am Rockknopf. Prüfend sah er in die blauen Augen. „Was weißt du denn vom Geheimbund?"

Hein sagte: „Günter Fröhlich, Ajax Hümmer und Wiesel Karsten haben vor einem Jahr den Geheimbund ‚Die Burggefährten' gegründet, den Verbrecher Tibor Kowalski überführt, den Fahrradmarder geschnappt und bei einer Verbrecherjagd eine riesige Höhle entdeckt. Das sind ganz tolle Burschen, die Burggefährten von der Habichtburg. Ihr Wahlspruch lautet: Allen ehrlichen Menschen helfen und die unehrlichen bestrafen!"

„Ja, ja", brummte Larsen, „das will ich nicht wissen." Wieder faßte er den kleinen Hein am Knopf. „Sag, Junge, hast du mir nichts anderes zu erzählen?"

„Doch", sagte Hein eifrig und schluckte vor Erregung. „Die Burggefährten und ich sind vor zwei Tagen —"

„— also an dem Tag, an dem sie verschwunden sind", warf der Inspektor ein.

„— zum Hafen gegangen", vollendete Hein und fuhr dann fort: „Die Burggefährten haben sich die Queen Victoria angesehen und mit einem Mädchen auf dem Schiff gesprochen, das Doris hieß und blonde Zöpfe hatte."

„Und dann?" fragte Larsen erregt.

„Dann", sagte Hein, „dann bin ich weggelaufen. Die Burggefährten sind am Hafen zurückgeblieben. Und seitdem", schloß Hein, „seitdem fehlen sie."

Der Inspektor kehrte langsam zum Schreibtisch zurück. „Die Spur führt also zum Hafen", sprach er vor sich hin. „Dort sind die Jungen zum letztenmal gesehen worden. Vielleicht hat unser Funkspruch Erfolg."

Er ging auf Tante Luise zu und sagte: „Wir werden sie finden, und wenn wir den ganzen Erdball nach ihnen absuchen müßten!"

War es ein geheimer Plan?

In einer Seitenstraße von Eicha stand eine Rotte Jungen um den langen Toni, den Anführer der Fischergässer, geschart.

„Ist immer noch keine Nachricht von den Burggefährten eingetroffen?" fragte er.

„Nein", meldete sich Kurt. „Die Polizei hat noch keine Spur von ihnen. Der Vater von Ajax, Oberwachtmeister Hümmer, hat es mir gesagt."

Toni schob die Mütze ins Gesicht und sah seine Freunde an. „Glaubt ihr daran, daß sie wirklich verschwunden sind?"

„Wie meinst du das?" fragte Fritz erstaunt.

Der lange Toni lächelte mitleidig. „Habt ihr keinen Verstand im Kopf?" spottete er. „Könnt ihr nicht denken? Überlegt doch mal — im vorigen Jahr waren sie auch eine Zeitlang verschwunden gewesen. Plötzlich aber waren sie auf einmal wieder da und ... na?" fragte er.

„ — und hatten die größte Höhle entdeckt", antwortete Kurt und blies die Backen auf.

Dem dicken Gustav ging plötzlich ein Licht auf. Seine Augen glänzten. „Du meinst ...?" stammelte er.

„Ich meine", sagte ihr Anführer, „daß die Burggefährten absichtlich verschwunden sind und irgendeine große Sache planen. Welche Sache meine ich?" Er wartete eine Weile und fuhr dann auf: „Guckt nicht so, ihr Esel! Ich wette nämlich, daß die Burggefährten einen großartigen Plan ausführen."

Theo, der in der Schule am besten turnen konnte, nahm die Hände aus den Hosentaschen. „Warum sind sie dann nach Hamburg gegangen?" fragte er.

Gerhard, der bisher geschwiegen hatte, schüttelte den Kopf. „Nein", sagte er. „Der Geheimbund ‚Die Burggefährten' ist in Eicha schon allzu bekannt. Deshalb sind sie nach Hamburg gegangen. Dort kennt sie niemand. Dort ziehen sie eine ganz neue Schau ab."

Toni zog plötzlich seine Mütze vom Kopf. Lehrer Karsten lief gerade an ihnen vorbei. Er sah herüber und entdeckte sie. „Nanu", rief Wiesels Vater und lief auf die Rotte zu, „was macht ihr denn da?"

„Eine Frage, Herr Karsten", warf Gustav ein. „Sind die Burggefährten auf das Schiff gegangen, oder vermutet man sie noch in Hamburg?"

Lehrer Karsten sah betreten zu Boden. „Wir wissen es noch nicht", sagte er leise. „Es ist schön von euch, daß ihr an eure Schulkameraden denkt. Ich laufe jetzt zu Direktor Fröhlich, vielleicht ist schon eine Nachricht eingetroffen. Kommt in einer Viertelstunde mal hin, dann werdet ihr ja sehen."

Er lüftete den Hut und lief weiter.

Hans wartete, bis Herr Karsten sich entfernt hatte. Dann beugte er sich zu den anderen vor und sagte: „Habt ihr sein Gesicht gesehen? Es war ganz blaß und traurig. Der Wiesel ist doch sein einziger Junge."

„Mein Vater würde auch nicht lachen, wenn ich plötzlich verschwunden wäre", sagte Theo. „So eine komische Frage!"

„Warum hast du uns denn eigentlich hierherbestellt?" wandte sich der dicke Gustav an den Anführer, den Toni. „Und warum sprichst du soviel von den Burggefährten? Wir wollten in den Sommerferien doch das Kriegsbeil ausgraben und es dem Geheimbund schicken. Das wäre eine feine Sache geworden!" rief er begeistert. „Die Burggefährten hätten wieder die Habichtsburg verteidigt ..."

„... und wir hätten sie erstürmt!" rief Theo. „Dieses Mal hätten wir ganz bestimmt gewonnen!"

Der lange Toni winkte seine Freunde aus der Fischergasse heran. Dann flüsterte er: „Deswegen habe ich euch hierherbestellt. Die Burggefährten sind verschwunden. Ich hatte ihnen aber vorher eine Kampfansage zugeschickt.

Was meint ihr — sind die Burggefährten nach Hamburg ausgerissen, sind sie feige, sind sie verschwunden?"

„Nein", sagte Gerhard. „Wenn du ihnen die Kampfansage geschickt hast, werden sie mit uns kämpfen." Plötzlich kam ihm eine Idee. „Mensch, Toni", sagte er hastig, „du meinst . . .?"

„Jawohl!" rief ihr Anführer triumphierend. „Ich meine, daß die Burggefährten in unserer Stadt sind und uns Tag und Nacht schon belauern! Bestimmt halten sie sich in ihrer Burghöhle verborgen!"

„Ja, aber", stammelte Kurt, „weswegen sind sie dann zu ihrer Tante nach Hamburg gefahren?"

„Das klingt unwahrscheinlich", warf Werner ein.

„Du verstehst nichts von höherer Strategie", sagte der Anführer verächtlich. „Wir gehen jetzt zu Günters Vater. Vielleicht erfahren wir dort etwas Neues. Anschließend werden Späher auf die Burg entsandt. Ich wette um jeden Betrag, daß sich der Geheimbund auf der Burg versteckt hält. Haltet überall eure Augen offen!"

Sie lösten sich aus dem dunklen Torbogen und schlenderten durch die Stadt. Ihre Augen suchten jede Ecke nach den Burggefährten ab.

Endlich standen sie vor dem Gartentor des Hauses. ‚Fröhlich' stand auf der goldenen Klingelscheibe. Toni warf einen Blick auf die blumengeschmückten Fenster, aber es verbarg sich kein Jungengesicht dahinter.

„Läuten wir", sagte er und drückte auf den Klingelknopf. Herr Fröhlich sah durchs Fenster und kam an die Gartentür. Toni trat vor und nahm die Mütze vom Kopf. „Wir wollen", sagte er, „nach den Burggefährten fragen. Ist schon eine Nachricht da?"

„Nein, Jungen", sagte er. „Bis jetzt fehlt noch jede Spur.

Wir warten stündlich auf die Antwort des Kapitäns der Queen Victoria."

„Weshalb?" warf der Anführer der Fischergässer zweifelnd ein und machte ein schlaues Gesicht dabei. „Wir sind anderer Meinung", sagte Toni.

„Was wollt ihr damit sagen?" fragte er.

Toni trat noch einen Schritt näher und flüsterte geheimnisvoll: „Wir, die Fischergässer, haben den Burggefährten vor ihrer Abreise nach Hamburg eine Kampfansage geschickt."

„Ja, aber", sagte Günters Vater unsicher, „was hat das mit dem Verschwinden der Jungen zu tun?"

„Sie sind doch gar nicht verschwunden!" trumpfte Toni auf und sah siegessicher in die Gesichter seiner Freunde. „Die Burggefährten sind nicht feige. Sie werden die Habichtsburg verteidigen. Aus diesem Grunde sind sie von Hamburg wieder hierhergefahren und verbergen sich irgendwo, um uns zu täuschen!"

„Das ist ausgeschlossen", sagte Herr Fröhlich. „Ihr kennt nicht den wahren Grund der Reise nach Hamburg. Die Burggefährten sollten für ein halbes Jahr auf die australische Farm von Onkel Harry kommen."

„Das hätten sie uns gesagt", widerlegte Toni. „Ajax hätte es bestimmt der ganzen Stadt erzählt, daß er eine Schiffsreise nach Australien macht."

„Aber unsere Jungen wußten es doch nicht", belehrte sie Günters Vater. „An dem Tag, an dem sie verschwanden, wollte Tante Luise es ihnen sagen. Na, und da waren sie weg."

„Das ist aber eine komische Tante", sagte Kurt.

„Ganz bestimmt hat sie es gut gemeint", erklärte Herr Fröhlich.

Der lange Toni gab Herrn Fröhlich die Hand. „Wir glauben nicht daran", sagte er. „Na, wir werden ja sehen. Heute sende ich meine Späher aus. Wenn wir was entdecken, melden wir es Ihnen!"

Dann gingen sie.

An Bord der Queen Victoria

„Hunger", sagte Ajax. Sie saßen im Halbkreis am Boden. Ihre Kehlen waren wie ausgetrocknet. Unaufhörlich tickten die Meßinstrumente in die Stille des schmalen Raumes: tick ... tick ... tick ...

Wiesel blickte zur stählernen Tür und dann zur trüben Lampe hinauf, die einen roten, unsicheren Schein in ihre Gesichter warf.

„Mein Vater hat bestimmt den halben Erdball schon alarmiert. Und wir sitzen hier im Bauch der Queen Victoria wie die Mäuse in der Mausefalle. Es ist zum Verrücktwerden!" sagte Ajax und sah Günter an. „Woran denkst du, Doktor?"

Sie nannten ihn Doktor, weil er eine Brille trug und der Klügste von ihnen war. Günter zog eine saure Miene: „Kriechen wir in die Kleiderkammer hinüber", schlug er vor. „Dort drüben hört man nicht das unaufhörliche Tikken."

Wiesel kroch als erster durch ein rundes Loch, rutschte auf allen Vieren durch den Gang und landete darauf in der Kleiderkammer. Hundertmal schon waren sie von einem Raum in den andern gekrochen, wie Mäuse, die in einer großen Falle sitzen und nicht wissen wohin.

Es roch nach Wäsche und Mottenkugeln. Die Kleiderkammer war groß genug, eine ganze Schulklasse aufzunehmen. An langen Stangen hingen Schiffsanzüge, Matrosenkleider, Uniformen, Mäntel und — Schiffsjungenkleider.

Ajax strich liebevoll über einen weißen Anzug mit blinkenden goldenen Knöpfen.

„Dein Plan ist wunderbar, Doktor", sagte er und setzte sich die weiße Schiffsjungenmütze mit der goldenen Aufschrift ‚Queen Victoria' auf den Kopf. „Ich stelle mich vor — Schiffsjunge Ajax Hümmer!" sagte er und grüßte wie ein alter Kapitän.

„Laß diese Faxen", bat Wiesel.

„Komm mal her", sagte Günter. „In meiner Jacke fand ich noch Papier und Umschlag. Einen Bleistift habe ich auch. Also —."

Ajax stotterte: „Was willst du denn damit anfangen?"

„Burggefährten", sagte der Doktor, „wir schreiben unseren Eltern nach Hause. Sie sind in Sorge."

„Ja", sagte Wiesel leise und starrte zu Boden.

Ajax nahm die Sache von der leichten Seite. „Unsere Eltern wissen aber auch", sagte er, „daß wir Burggefährten fixe Kerle sind. Die Idee, uns nach Hamburg zu schicken, war ja ganz gut. Aber mir gefällt es auf der Queen Victoria auf einmal viel besser." Er blies die Backen auf. „Der Geheimbund an Bord — das ist doch eine pfundige Sache!"

Günter lächelte. „Ja, Ajax. Aber kein Mensch weiß, daß wir auf dem Schiff sind. Der Geheimbund ist bis jetzt im Verborgenen geblieben."

Wiesel schimpfte: „Und das alles, weil diese Doris Brown nicht zu finden ist. Sie könnte uns sicher helfen."

„Ja, Wiesel", sagte der Doktor. „Wenn wir sie nicht bald finden, ist es aus mit uns. Der Hunger treibt uns dann zum

Kapitän." Er rückte die Brille auf seiner Nase. „Wißt Ihr noch, wie unsere Schiffsreise anfing?"

Sie legten sich auf den Boden. Dumpf klangen die Geräusche der Schiffsmotoren an ihr Ohr. Mit einer Geschwindigkeit von 28 Knoten durchpflügte das Schiff die Meereswogen. Günter dachte nach. „Komisch ist das gegangen", sagte er leise, „wenn ich daran denke, wie wir am Hamburger Hafen standen und die Queen Victoria bestaunten . . ."

„Und dann kam plötzlich die englisch sprechende Familie auf uns zu", fuhr Ajax fort. „Ein Mädchen, das Doris hieß, bat uns, ihre Koffer an Bord zu bringen. Wahrscheinlich hielt uns die Familie für Schiffsjungen der Queen Victoria."

„Wißt ihr noch, wie Doris aussah?" fragte Wiesel.

Die Burggefährten nickten. „Sie hatte blonde Haare, blaue Augen, eine Stupsnase und sprach sehr gut deutsch. Ich schätze, sie wird zwölf Jahre alt sein."

Günter rückte an seiner Brille: „Ja, und dann gingen wir an Deck und brachten die Koffer in Kabine 17. Unterdessen erzählte uns Doris, daß ihre Eltern in Australien eine große Farm haben, daß ihre Eltern deutschstämmig sind und sie gern Schokolade ißt."

„Wir wollten wieder von Deck", erzählte Wiesel, „als unser gescheiter Freund Ajax auf den Gedanken kam, das Schiff einmal näher anzusehen. Was wir sahen, war so spannend, daß wir immer tiefer in den Bauch des Schiffes hinunterstiegen, Ajax mit seiner klugen Nase immer voraus."

Der Doktor erinnerte sich genau, es war ja erst ungefähr drei Tage her. Immer tiefer waren sie in das Schiff hinuntergeklettert. Puuh . . . vernahmen sie schwach die

Sirene. Und nach einer Weile wieder: Puuh ... und ein drittes Mal: Puuh ...!

Eisiger Schreck durchfuhr sie. „Das Schiff ..." stammelte der Doktor, „das Schiff ... fährt ab!"

So schnell waren sie noch nie gelaufen. Sie hasteten durch die Gänge, rannten eiserne Treppen empor, krochen durch Gänge und klemmten sich durch Türen. Immer mehr hatten sie sich in dem Labyrinth des Ozeanriesen verirrt.

Schließlich landeten sie in der Kleiderkammer.. Tick ... tick .... tick ... summten die Meßinstrumente. Dumpf klangen die Motoren durch den Schiffsboden.

„Wir fanden nicht mehr den Weg an Deck", fuhr Günter fort. „Erst lange Zeit später fand ich das Deck, sah die Kommandobrücke und ringsum nichts anderes als Wasser ... Wasser ...

Ja, so war das. — Aber jetzt paßt auf. Unser Plan ist, an Bord der Queen Victoria zu bleiben. Unsere Eltern benachrichtigen wir vom nächsten Hafen aus. Zum erstenmal nimmt der Geheimbund ein Mitglied auf. Sie heißt Doris und muß unsere Verbündete werden. Ohne sie schaffen wir es nicht. Unsere anderen Verbündeten sind — die Schiffsjungenanzüge in der Kleiderkammer. Sie passen uns ausgezeichnet. Ajax sieht wie ein Kapitän aus."

Ajax lächelte geschmeichelt. Und Wiesel meinte: „Vergeßt nicht, daß wir seit Hamburg nichts mehr gegessen haben. Und jetzt suchen wir Doris."

Der Doktor stand langsam auf, rückte die Brille auf seiner Nase und sagte: „Ich kann am besten englisch von euch. Ajax, hol mal meinen Schiffsjungenanzug von der Stange. Ich gehe jetzt an Deck und in die Kabine 17. Vielleicht treffe ich Doris an. Das ist unsere letzte Chance."

Die Burggefährten halfen ihm beim Ankleiden. Günter

setzte sich die weiße Mütze mit der Aufschrift ‚Queen Victoria' auf.

„Donnerwetter", staunte Wiesel, „alle Achtung. Du siehst wie ein richtiger Schiffsjunge aus!"

„Hoffentlich", entgegnete der Doktor. „Parole Burggefährten!" sagte er und schritt zur Tür. „Haltet die Daumen!"

„Hals- und Beinbruch", flüsterte Wiesel.

Ajax rief: „Bring was zu essen mit, Doktor, wenn du Doris findest!"

Während Günter den gefährlichen Versuch unternahm, Doris zu finden, machte Ajax den dritten Versuch, jede Tasche der vielen Anzüge in der Kleiderkammer nach etwas Eßbarem zu durchforschen. Aber er fand nur Mottenkugeln.

„Die schmecken nicht", schimpfte er und setzte sich zu Wiesel, der unentwegt an die Decke starrte.

„Jetzt muß Günter an Deck sein", sagte Wiesel nach einer Weile.

Das Warten war unerträglich. Tick ... tick ... tick ... klang es aus dem anderen Raum. Schumm ... schumm machten die Motoren unter ihren Füßen.

Sie sahen sich an. Die bange Frage stand in ihren Augen: Hat der Doktor Glück ... erwischen sie ihn ... erwischen sie ihn nicht?

„Dieses Warten", Ajax knirschte mit den Zähnen, „es macht mich verrückt!"

Tick ... tick ... tick ...

Wenn sie ihn geschnappt haben? dachte Wiesel plötzlich quälend. Aber nein, Günter läßt sich nicht kriegen, er ist der Klügste von uns dreien. „Ajax", flüsterte er heiser, „meinst du ...?"

„Quatsch!“ sagte Ajax grob. „Den Geheimbund findet niemand auf der Welt.“

„Still!“ zischte Wiesel plötzlich.

Leise, schleichende Tritte waren auf dem Gang.

Mit einem Satz waren sie hinter den Kleidern.

Zuerst betrat ein blondes Mädchen den Raum. Dahinter erschien Günter; in der Hand hielt er ein großes Tablett mit Wurst und Brot und Milch.

„Hallo, Doris!“ riefen Wiesel und Ajax hastig. Dann rissen sie Günter das Tablett aus der Hand und fielen über die Eßwaren her.

„Ich fand Doris in ihrer Kabine, ihre Eltern waren gerade an Deck gegangen. Ich habe ihr alles von uns erzählt! Nun mußt du uns helfen, Doris. Es soll die abenteuerlichste Reise deines Lebens werden. Der Geheimbund ernennt dich feierlich zu seinem Mitglied!“

Doris' Wangen glühten.

Günter rückte die Brille auf seiner Nase. „Doris“, sagte er langsam, „bist du bereit, in den Geheimbund einzutreten?“

„Ich gehöre doch schon zu eurem Geheimbund!“ rief sie und lachte. „Ich verspreche, euch nicht zu verraten.“

„Dann“, sagte Ajax, „mußt du feierlich schwören.“

Günter trat einen Schritt vor und sagte: „Nun mußt du den Schwur des Geheimbundes nachsprechen, Doris. Erheb dich und sprich!“

Doris stand auf: „Ich schwöre, allen ehrlichen Leuten zu helfen und die unehrlichen zu bestrafen!“

Langsam setzten sie sich wieder. Sie schlossen einen Kreis um das neue Mitglied. „Ich habe eine Sparbüchse mit 50 Dollar“, fiel ihr plötzlich ein. „Davon kann ich euch immer Lebensmittel kaufen, und ihr habt zu essen.“

„Fein", sagte Ajax und lachte.

Günter rückte an seiner Brille. „Hör nun gut zu, Doris", sagte er. „Ich habe mir das so gedacht . . ."

Der Geheimbund warnt!

Heiß lastete die Sonne auf dem Deck der Queen Victoria. In den weißen Liegestühlen lagen die Schiffsgäste und ließen sich von den Stewards Eis und Zitronensaft reichen. Mister Brown sah dem Wellenspiel zu. „Morgen passieren wir den Suez-Kanal", sagte er zu seiner Frau. Doris saß im Liegestuhl.

„Oh — der Kapitän kommt!" rief Mister Brown und stand auf. Er kam auf die Familie Brown zu und grüßte herzlich. Mister Brown bot ihm einen Stuhl an.

Der Kapitän sprach über das Ereignis, von dem alle Passagiere aufgeregt an Bord erzählten.

„In allen Schiffskabinen lagen heute wieder die seltsamen Zettel auf den Türschwellen. Hier — bitte", er zog einen Zettel aus der Tasche, „lesen Sie mal. Der lag unter meiner Tür!"

Mister Brown betrachtete den kleinen weißen Zettel, der Text war in englischer Sprache abgefaßt und lautete:

WIR WARNEN

alle Diebe und unehrlichen Menschen. Der Geheimbund sieht und hört alles. Wehe dem, der stiehlt und betrügt!

DER GEHEIMBUND

„Unsere Passagiere werden unruhig", sagte der Kapitän. „Lady Sheffield bekam heute morgen, als sie zum zweiten Male diesen mysteriösen Zettel vorfand, einen Ohnmachtsanfall!"

„Die Ärmste!" sagte Mrs. Brown.

„Ein spanischer Diplomat kam zu mir und sagte, er trage wichtige Papiere bei sich. Anscheinend handle es sich um eine politische Untergrundbewegung. Lord Shaftesbury bat mich, den Geheimbund zu entlarven und den Vorfällen ein Ende zu bereiten. Ich habe meinen Schiffsdetektiven befohlen, den seltsamen Geheimbund zu finden."

„Und Sie haben keine Ahnung", warf Mister Brown ein, „wer sich dahinter verbirgt?"

Der Kapitän faßte sich verzweifelt an den Kopf. „Das ist ja das Schlimme!" rief er. „Alle Passagiere rätseln hin und her. Wetten werden abgeschlossen. Die einen behaupten, es seien Spaßvögel, die anderen nennen den Geheimbund eine Räuberbande!"

„Und was meinen Sie?" fragte Frau Brown.

Der Kapitän senkte bedauernd den Kopf. „Ich weiß es nicht", sagte er. „Nun warten alle Passagiere auf ein neues Auftreten des Geheimbundes. Jedermann ist neugierig. Spannung liegt in der Luft wie vor einem Gewitter!"

Der Reporter Boom von der ‚New York Times' kam vorbei. Er blieb stehen und rief lachend: „Na, Kapitän, haben Sie den rätselhaften Geheimbund schon entdeckt?"

Der Kapitän warf dem Reporter einen wütenden Blick zu. „Vielleicht entdecken Sie ihn!" sagte er lebhaft.

„Das werde ich", sagte Reporter Boom und grinste. „Ich habe heute an meine Zeitung telegraphiert, sie möge nachforschen, wo schon einmal ein solcher Geheimbund aufgetreten ist. Zeitungen wissen alles, Kapitän. Guten Tag!"

Lustig pfeifend lief er weiter. Doris wurde es ungemütlich in ihrem Liegestuhl. Schiffsdetektive suchten nach den drei Freunden. Reporter Boom forschte nach dem Geheimbund. Die Burggefährten waren in Gefahr!

Der kühle Abendwind erfrischte die Passagiere. Sie beachteten den Schiffsjungen nicht, der an der Reling lehnte. Langsam lief Günter von Stuhl zu Stuhl und belauschte die Gespräche. Der Geheimbund war in aller Mund. Befriedigt verschwand er von der Deckfläche.

Stunden später glänzten die Sterne am nächtlichen Himmel. Die Burggefährten konnten die Schönheit der Sternennacht nicht bestaunen; denn sie befanden sich in der Kleiderkammer, eingeschlossen von Stahl und Eisen. Günter und Wiesel waren bereits angekleidet, Ajax quälte sich noch mit der weißen Jacke ab.

„Alle Passagiere an Deck haben mich für einen richtigen Schiffsjungen gehalten", sagte Günter. „Wenn ein Steward kam, verkroch ich mich hinter einen Sonnenschirm. Niemandem fällt auf, daß wir blinde Passagiere sind."

„Los jetzt — ab durch die Mitte!"

Lautlos verließen sie ihr Versteck und kletterten vorsichtig nach oben.

Sie stolperten durch den Frachtraum und schwangen sich der Reihe nach durch eine Luke hoch. Günter stieß den Deckel auf. Er spähte.

„Die Luft ist rein!" flüsterte er. „Los — raus und ab!"

Sie standen an Deck. Die Nacht war schwarz, funkelnd glänzten Sterne am Himmel. Lautlos huschten die Jungen über das Vorderdeck. An der Reling lehnten einige Passagiere und plauderten. Ungesehen schlichen sie an ihnen vorbei. Endlich standen sie bei den Rettungsbooten.

„Ins erste Boot!" flüsterte Günter.

Wiesel schwang sich zuerst hinüber. Dann erkletterten

Ajax und Günter das Seil, rutschten auf den Knien über den Kran, balancierten und ließen sich an der Kette hinunter. Wiesel schob die Bootsplane zurück.

Sekunden später waren ihre Köpfe von der Oberfläche verschwunden.

„Guten Abend", sagte eine leise Mädchenstimme im Boot. „Das hat aber lange gedauert. Ich sitze schon eine halbe Stunde hier und warte. Zum Glück sind meine Eltern heute beim Kapitän eingeladen. So fällt meine Abwesenheit nicht auf."

„Hallo, Doris!" flüsterte Wiesel. Erfreut begrüßten die Jungen das neue Mitglied des Geheimbundes.

„Bin ich froh, daß ich frische Luft atme", sagte Ajax und schnaufte. „In der Kleiderkammer ist es wie in einem Bratofen."

„Ich habe wichtige Neuigkeiten!" flüsterte Doris aufgeregt. „Hört nur — die Schiffsdetektive suchen den Geheimbund, und Reporter Boom hat an die ‚New York Times' telegraphiert."

„Au Backe", entfuhr es Wiesel.

Ajax starrte sie entgeistert an. „Aber", stotterte er, „wenn sie herausfinden, daß der Geheimbund in Eicha vor einem Jahr die größte Höhle entdeckt hat? Die Geschichte ging durch viele Zeitungen. Unsere Plakate vor einem Jahr lauteten genau so wie unsere Zettel jetzt. Verdammt nochmal, da haben wir einen Fehler gemacht."

Ajax schwitzte vor Schreck und Aufregung. Er stupste Günter an. „Doktor — was meinst du?"

Günter rückte an seiner Brille. „Wer ist das", fragte er, „Reporter Boom?"

„Ein berühmter Mann!" antwortete Doris eifrig. „Papa hat es mir erzählt. Sie nennen ihn den besten Reporter von Amerika. ‚Der Geheimbund an Bord' ist bestimmt etwas für seine Nase!"

„Den Boom sollen die Haifische verschlucken!" schimpfte Wiesel.

„Aber warum?" fragte Günter und beruhigte sie. Er machte ein schlaues Gesicht. „Auf die Idee, daß drei Jungen und ein Mädchen der Geheimbund sind, kommt er bestimmt nicht. Und dann muß er uns erst mal finden. Die Matrosen haben uns doch auch nicht gefunden! War es nicht so?"

„Da haben wir Glück gehabt", sagte Ajax. „Doris hat uns ja erst hinterher erzählt, daß sie das Schiff nach uns durchsucht haben."

„Glück muß der Mensch haben", sagte Günter lakonisch. Dann besprachen sie leise ihren Plan. „Morgen nacht geht es also los", sagte Günter. „Hast du ein großes Messer mitgebracht?"

„Ja", sagte Doris und reichte ihm ein Messer aus Holz, das sie in der Spielwarenabteilung gekauft hatte. „Neue Zettel habe ich auch mitgebracht."

„Ajax", bat Günter, „gib Doris mal die Zettel, die ich heute beschrieben habe."

Ajax langte in die Tasche und drückte Doris ein Päckchen Papierzettel in die Hand. „Du schiebst sie morgen wieder unter alle Türen", sagte er. „Laß dich aber nicht erwischen. Und dann brauchen wir wieder rote Tinte."

„Bis jetzt hat mich noch niemand erwischt", sagte Doris stolz.

„Du bist ein fabelhaftes Mitglied des Geheimbundes", lobte Ajax.

Doris fragte: „Morgen nacht schon?"

„Ja, Doris. In der Kleiderkammer haben wir uns aus

den weißen Decken Gespensterumhänge und Kapuzen gemacht. Morgen um Mitternacht machen wir einen Besuch beim dicken Schiffskoch. Seine Kabine liegt am günstigsten."

„Der Koch wird die Augen aufreißen", sagte Wiesel mit leisem Lachen, „wenn der Klabautermann und zwei Gespenster in seine Kabine kommen!"

Die gurgelnden Geräusche der Meereswogen schlugen an ihr Ohr. Hoch über ihnen spannte sich der dunkle, sternenbesäte Himmel. Leise fuhr der Wind gegen die Bootsplane.

„In Eicha leuchten dieselben Sterne", sagte Wiesel plötzlich.

Nach einer Stunde brachen sie auf. Sie halfen Doris auf das verlassene Schiffsdeck. Unscharf tauchten die Umrisse der Kommandobrücke aus dem Dunkel auf.

„Morgen treffen wir uns wieder um dieselbe Zeit", flüsterte Günter. „Auf Wiedersehen, Doris. Mach deine Sache gut!"

Dann huschte Doris über das Deck.

Günter hob die Luke. Nacheinander kletterten sie die schmale Treppe hinunter. Leise verschloß Günter den Deckel. Immer tiefer ging es in den Leib des Schiffs hinein. Sie durchquerten Verladeräume, Gänge und Bunker. Im Gepäckraum des Schiffes verschnauften sie. Große Kisten und Koffer standen übereinandergestapelt im Raum.

Tapp . . . tapp . . . tapp . . .

„Schritte!" flüsterte Wiesel tonlos.

„Dorthin!" befahl Günter leise. Lautlos krochen sie hinter eine Kiste.

Vor ihnen lief ein Mann taumelnd auf die Tür zu. Das rote Licht fiel auf abgerissene, schmutzige Kleider. Wirr hing ihm das Haar in die Stirn, das unrasierte Gesicht war bleich und eingefallen wie eine Totenmaske.

„Hunger", stöhnte der Mann. „Hunger!" Er fiel hin, kraftlos und erschöpft, und stand wieder auf. Dann sahen sie, wie der Mann daran ging, eine Kiste aufzubrechen.

Der Fremde hatte die Kiste aufgebrochen, wühlte darin und holte eine Orange. Er biß hinein.

PARIS
NY

Endlich war der Fremde satt. Er richtete sich auf und lief wieder an ihnen vorbei. Hinter einer Kiste legte er sich nieder. Schon schnarchte er.

„Das ist ein blinder Passagier“, flüsterte Günter und rückte aufgeregt an seiner Brille. „Nun sind schon vier blinde Passagiere an Bord des Schiffes.“

„Los“, hauchte Ajax, „wir gehen ran. Vielleicht ist der Kerl ein Verbrecher — wozu versteckt er sich im Schiff?“

„Er sah wie ein Verbrecher aus“, flüsterte Wiesel.

Lautlos schlichen sie an den Schlafenden heran. Er lag hinter einer großen Kiste, seine Jacke hatte er ausgezogen und achtlos hingeworfen. Ajax deutete auf die schmutzige Jacke. Günter verstand. Leise nahm er die Jacke an sich und schlich zurück.

Langsam durchsuchten Günters Hände die Taschen. Seine Finger stießen auf etwas Hartes. Er nahm es heraus.

„Eine Brieftasche“, flüsterte Wiesel. Günter öffnete sie. Ein Ausweis fiel heraus. Im Schein der roten Lampe las er:

„Oliver Somard, Liverpool, 83 Mainstreet . . ., 1,80 groß, dunkelbraun, Narbe am Schulterblatt . . ., 40 Jahre alt . . ., ohne Beruf . . .“ Das Lichtbild war verschmutzt und zerknittert.

Günter merkte sich die Daten, sie prägten sich sofort seinem Gehirn ein. Er untersuchte den Inhalt der Brieftasche genauer. Ein großer Schein fiel ihm auf. Er faltete ihn auseinander. Das Papier war eine Bestätigung des Hamburger Zuchthauses über empfangenen Arbeitslohn für Tütenkleben. Datiert war der Entlassungsschein vor vier Wochen.

„Ein Zuchthäusler“, entfuhr es Günter.

Sonst enthielt die Brieftasche nichts. Günter steckte sie

wieder an den alten Platz. Leise legte er die Jacke wieder neben dem Schlafenden nieder.

Sekunden später eilten die Burggefährten ihrem Versteck entgegen. Tiefer und tiefer stiegen sie in das Schiff hinunter. Endlich standen sie in der Kleiderkammer.

Ajax langte nach einer Büchse Milch von Doris und trank sie durstig aus.

„Doktor", fragte er leise und wischte sich den Mund ab, „Wie geht es nun weiter? Was werden wir unternehmen?"

Günter richtete sich halb auf. Er sah seine Burggefährten bedeutungsvoll an. „Ich habe schon einen Plan", sagte er. „Hört zu ..."

Eine Fährte in Eicha?

Vom Wohnzimmer des Herrn Fröhlich ging der Blick zur Habichtsburg hinauf.

„Solange sie dort oben saßen, wußten wir wenigstens, daß unsere Jungen bei uns sind", sagte Herr Karsten. „Die Stadt Eicha wartet fieberhaft auf die Rückkehr der Vermißten."

„Die Stadt", meinte Herr Hümmer kummervoll. „Und wir? Wir zittern hier und haben keine Ahnung, wo sie sind. Die Hamburg-Reise war eine Schnapsidee."

Herr Fröhlich nickte. „Wir hätten die Jungen nicht zu Tante Luise fahren lassen dürfen. Ich hätte mir denken können, daß sie uns wieder in Aufregung versetzen. Und doch —", ein zuversichtliches Lächeln huschte über sein Gesicht. „Ich glaube fest daran, daß sie uns und die Zeitungen bald überraschen werden. Sie leben, unsere Ausreißer!"

„Wer sagt Ihnen das?"

„Mein Gefühl, Herr Karsten. Mein untrügliches, sicheres Gefühl."

Herr Hümmer klopfte auf das Telegramm vor sich. „Und das da?" fragte er. „Unsere ganze Hoffnung war doch auf das Telegramm gerichtet. Und was schreibt der Kapitän? Schiff durchsucht. Jungen nicht an Bord."

Herr Fröhlich wies auf einen Brief. Er lag auf dem Schreibtisch.

„Onkel Harry aus Australien hat geschrieben. Er ist sehr aufgeregt. Fünftausend Mark Belohnung hat er für die Auffindung der Vermißten ausgesetzt. Er fragt an, ob wir schon etwas über die Jungen wüßten."

„Leider", sagte Wiesels Vater leise, „wissen wir noch nichts."

Nächtlicher Besuch

Das Rettungsboot schaukelte im Seegang des Schiffes. Schäumend durchpflügte die Queen Victoria die grüne See. Schwarze Wolken lagerten vor den Sternen.

Ajax hob die Bootsplane und steckte seinen Kopf hinaus. Der Wind erfaßte sein Haar. „Es ist stockdunkel an Bord", sagte er und kroch wieder in das Rettungsboot hinein.

„Doris — mußt du nicht gehen?"

„Meine Eltern sind im Bordkino. Sie kommen vor Mitternacht nicht zurück. Es wird übrigens bald so weit sein."

Wiesel lachte leise: „Der Koch wird Augen machen. Sicher ist unsere Gespenstervorstellung etwas unsinnig. Aber der Doktor meint, daß sich unser Abenteuer auf dem Schiff herumsprechen wird. Unsere große Entdeckung ist der blinde Passagier Oliver Sombard."

„Diese Zettel schiebst du wieder unter alle Türen", sagt Günter zu Doris. „Du mußt unbedingt herausfinden, ob jemand an Bord den blinden Passagier kennt. Bleib immer in der Nähe des Kapitäns. Halte die Ohren offen."

„Aber klar", versicherte Doris.

„Wir beschatten den blinden Passagier Tag und Nacht", sagte Wiesel. „Noch weiß er nicht, daß wir sein Versteck entdeckt haben. Sicher will er in Australien an Land verschwinden. Wenn's ein armer Teufel ist, soll er laufen. Im anderen Falle" — er lächelte geheimnisvoll — „wird der Geheimbund für eine Überraschung sorgen."

„Wir müssen los", sagte Ajax hastig. „Gleich ist Geisterstunde!"

Günter musterte seine Freunde. „Habt ihr auch nichts vergessen?"

„Nichts", entgegnete Wiesel. „Unsere Geistervermummung haben wir unter der Jacke angezogen. Ajax hat das Messer mit Rotstift bemalt. Sieht wie Blut aus. Los, Doris, du gehst voraus und siehst zu, ob die Luft rein und das Deck frei ist. Ab durch die Mitte!"

Sie kletterten an Bord zurück. Lautlos tappten sie durch das Dunkel. Kein Mensch weit und breit. Einmal schraken sie zusammen — von Backbord läutete eine Glocke zwölfmal.

„Geisterstunde!" grinste Ajax.

Vor den Mannschaftskabinen verabschiedete sich Doris. „Alles Gute!" wünschte sie.

Hintereinander kletterten sie in das Schiff hinunter. Die einzelnen Schilder an den Türen informierten sie über das Personal: Stewards ... Küchenpersonal ... Schiffskoch. In dem schmalen Gang brannte das Nachtlicht. Ajax ging leise auf die Tür des Kochs zu.

Sie begannen hastig, ihre Gespensterverkleidung über die Schiffsjungenanzüge zu ziehen. Günter malte mit der Hand einen Kreis in der Luft.

Vorsichtig drückte er, Zentimeter um Zentimeter, die Tür auf. Blitzschnell leuchtete er mit Doris' Taschenlampe in den Raum. Der Lichtstrahl erfaßte einen Tisch mit einer umgeworfenen Schnapsflasche, tanzte über die Kabinenwände und fiel auf das schlafende Gesicht im Bett.

Sie traten in die Kabine. Günter verschloß hinter ihnen die Tür. Lautlos umstellten sie das Bett, blieben aber im Dunkel. Rasch zogen sie die weißen Kapuzen ins Gesicht. Durch die schmalen Sehschlitze betrachteten sie den Schlafenden. Dann hielt Günter unbemerkt eine große Tasse vor den Mund — und schrie mit dumpfer Stimme auf englisch: „Aufwachen ... der Geheimbund ist erschienen!"

Mit einem Ruck erwachte der Schläfer und riß die Augen auf. Der Strahl der Lampe blendete ihn. Günter hielt die Lampe etwas beiseite. Zitternd umkrampften seine Hände die Bettleiste. Drei vermummte Gestalten standen regungslos und drohend vor ihm.

„Hier steht der Geheimbund", sprach Günter in die hohle Tasse. Seine Stimme klang schauerlich. „Keine Bewegung ... keinen Laut ... der Geheimbund fordert Rache!"

Der Schiffskoch wollte schreien, aber er bekam keinen Laut aus der Kehle. Schreckensbleich lag er still.

„Der Geheimbund sieht und hört alles!" Ajax trat von

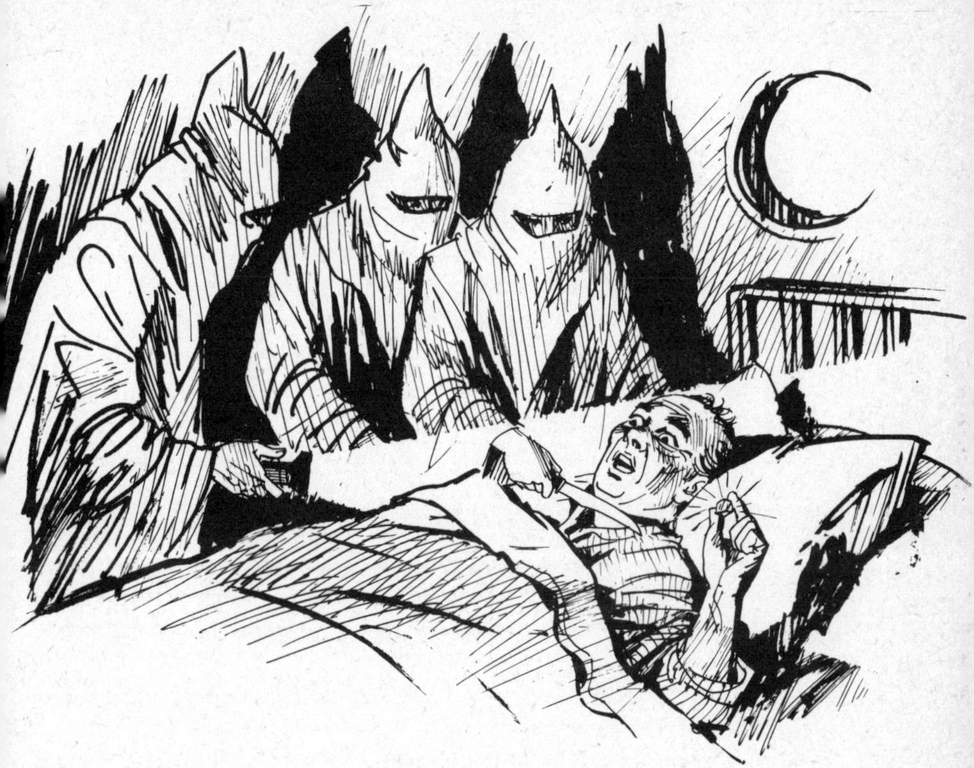

hinten an das Bett heran und hielt dem Koch das Messer vor die Kehle. Dazu machte er die Bewegung des Halsabschneidens. Der Koch riß die Augen weit auf. Er sah das blutrote Messer und schwitzte vor Angst.

„Ich . . . ich gestehe“, stammelte der Koch.

Ajax erfaßte die Situation und schob das Messer näher an den Hals des Kochs heran.

„Gestehe!“ befahl Günter.

„Der Geheimbund sieht und hört alles!“ wiederholte er.

„Gestehe — oder du wirst sterben!"

„Ich ... ich ...", stammelte der Koch und sah entsetzt auf die Gestalten im Dunkel, „ich gestehe."

„Ich habe ... aus Kabine 13 ... der Gräfin Sokowski ... einen Diamanten gestohlen", stammelte der Koch.

„Und weiter?" sprach Günter in die Tasse.

„Nichts ... nichts!" beschwor der Koch den Geheimbund und schluckte und würgte. Fieberhaft suchten seine Hände unter dem Kopfkissen. Dann brachten sie plötzlich einen großen, herrlichen Diamanten hervor. Zitternd übergab er ihn Günter.

„Der Geheimbund sieht und hört alles", murmelte Günter. Blitzschnell gab er seinen Freunden ein Zeichen. Ajax und Wiesel traten den Rückzug an. Schritt für Schritt wichen die Burggefährten an die Tür zurück.

Mit einem Satz waren sie aus der Kabine. Ajax verschloß sie hastig von außen. Sie rissen sich die Gespenstervermummung vom Körper und warfen sie durch ein Bullauge ins Meer.

„Los — schnell weg von hier!" zischte Wiesel.

Unter der Mitteltreppe verschnauften sie und horchten. Nichts regte sich. Günter holte den Diamanten aus der Tasche und übersetzte ihnen das Gespräch mit dem Koch. Plötzlich horchten sie. Auf dem Deck wurde es laut. Stimmen schwirrten durcheinander.

„Rasch — unter die Treppe!" befahl Günter hastig.

Eng aneinandergepreßt horchten sie auf das Geschrei über ihnen. Tritte klapperten die Treppe herunter. Immer mehr Menschen versammelten sich über ihnen. Auf einmal konnte Günter verstehen, was ein Herr auf der Treppe sagte, nur einen Meter von ihm entfernt:

„Der Gräfin wurde heute nacht ein kostbarer Edelstein

aus ihrer Kabine gestohlen ... der Kapitän ist furchtbar aufgeregt ... vom Täter fehlt jede Spur!" Die Worte verloren sich. Günter fühlte den Stein in seiner Hand. Ihm wurde es plötzlich heiß.

„Wir müssen hier weg", flüsterte Ajax. „Wir tun so, als ob wir richtige Schiffsjungen wären. Fallt nicht auf! Benehmt euch wie Schiffsjungen. Hoppla — marsch!"

Langsam traten sie aus dem Dunkel. Wiesel steckte die Hände in die Tasche und pfiff. Sie liefen fast einem Steward in die Arme.

Der Steward schrie sie an: „Wer hat euch erlaubt, nachts an Deck zu gehen? Marsch in die Kabinen! Aber schnell!"

Sofort liefen sie los.

Günter hob den Lukendeckel auf. „Verschwindet!" sagte er hastig.

Wieder unter Deck, befanden sie sich in Sicherheit. Einmal noch mußten sie höllisch aufpassen, als sie das Versteck Oliver Sombards durchschlichen. In der Kleiderkammer ließen sie sich zu Boden fallen.

Günter betrachtete den Edelstein. Er sprühte in tausend Farben.

Dem Geheimbund auf der Spur

Herr Fröhlich sank in den Sessel. Mit einem Taschentuch fuhr er sich über die Stirn. Seine Hände zuckten.

„Und du meinst ...?" fragte Frau Fröhlich schüchtern.

„Aber natürlich!" rief der Direktor. „Was denn sonst? Muß ein Schaf sein, der Kapitän der Queen Victoria. Durchsucht das Schiff und findet die Jungen nicht!"

Frau Fröhlich liefen die Freudentränen über die Wangen. „Wenn das wahr ist?"

„Bitte", sagte Herr Fröhlich, „liebe Frau koch uns eine Tasse Bohnenkaffee. Gleich werden Hümmer und Karsten hier sein. Wir werden sie nötig haben. Und lauf gleich zum Zeitungsstand und laß dir die neueste New York Times geben."

Auf dem Schreibtisch des Direktors lag die gestrige Ausgabe der New York Times. Mit dem Rotstift hatte er eine Zeitungsnotiz unterstrichen. Die Überschrift lautete: ‚Der Geheimbund an Bord!'

Plötzlich klingelte es. „Hereinspaziert!" sagte Herr Fröhlich. „Die Herren werden eine Überraschung erleben!"

Er nahm die Zeitung und las den von ihm übersetzten Text vor:

> An Bord der Queen Victoria. Die rätselhaften Geschehnisse an Bord des weltbekannten Ozeanschiffes nehmen täglich zu. Von unserem an Bord befindlichen Reporter Boom erhalten wir die Nachricht, daß eine rätselhafte Gruppe mit dem Namen ‚Der Geheimbund' alle Passagiere in Atem hält. Bei der Durchquerung des Suez-Kanals fanden die Passagiere zweimal hintereinander in ihren Kabinen Zettel vor mit der Aufschrift: Wir warnen alle Diebe und unehrlichen Leute. Der Geheimbund sieht und hört alles. Wehe dem, der stiehlt und betrügt. Sofort eingeleitete Nachforschungen des Kapitäns blieben bis heute ergebnislos. Folgender Vorfall bestätigt die Ernsthaftigkeit der rätselhaften Gruppe. Während einer Einladung beim Kapitän wurde der Gräfin Sokowski der berühmte Diamant ‚Blue Queen' in ihrer Kabine gestohlen. Vom Täter fehlte jede Spur. Am

anderen Tag erschien ein Schiffsjunge in der Kabine der Gräfin und überbrachte ihr ein geschlossenes Kuvert. In dem Kuvert befand sich der gestohlene Diamant und ein Zettel mit der Aufschrift: Der Geheimbund bringt Ihnen den gestohlenen Diamanten wieder zurück. Der Täter ist der Schiffskoch. Verwahren Sie Ihren Schmuck zukünftig im Schiffstresor.

Der in seiner Kabine eingeschlossene Koch gestand kurz darauf, der Täter gewesen zu sein. Er berichtete von einem mysteriösen nächtlichen Überfall dreier vermummter Gestalten, die sich als ‚Geheimbund' bezeichnet hatten. Der Koch wurde verhaftet.

Sofort eingeleitete Nachforschungen nach besagtem Schiffsjungen, der nach Angabe der Gräfin eine Nickelbrille trug, blieben ohne Ergebnis. Keiner der befragten Schiffsjungen will das Kuvert in die Kabine gebracht haben. Die Gräfin hat dem Geheimbund eine Belohnung von 1000 Mark zugesichert.

Ein neuerlicher Vorfall erhöht die Spannung unter den Passagieren. Am gleichen Tag lagen wieder die geheimnisvollen Zettel in allen Kabinen. Diesmal stand darauf: Wer ist Oliver Sombard?

Die Zettel schlugen wie eine Bombe ein. Jedermann an Bord weiß, daß es sich bei diesem Oliver Sombard um einen gefährlichen internationalen Raubmörder handelt, der vor vier Wochen nach einer Mordtat aus dem Hamburger Zuchthaus entsprungen ist. Oliver Sombard ist auf die Fahndungsliste von Interpol gesetzt worden. Er wird in der ganzen Welt gesucht.

Es liegt die Vermutung nahe, daß sich der entflohene Raubmörder an Bord befindet. Unter den

Passagieren herrscht große Aufregung darüber. Niemand wagt des Nachts, die Kabine zu verlassen.

Unser Reporter wird weitere Einzelheiten berichten. Es ist ihm gelungen, hinter das Rätsel des Geheimbundes zu kommen. Das Rätsel will der Reporter bei der Ankunft in Australien lüften.

Bis dahin folgen täglich Berichte.

Herr Fröhlich ließ die Zeitung sinken. Lehrer Karsten sprang erregt vom Stuhl auf.

„Sie sind es!" rief er laut. „Bei allen guten Geistern — sie sind es!"

„Die Ähnlichkeit ist zu groß. Es muß stimmen", bekräftigte Herr Hümmer mit unterdrückter Freude. „Die Jungen sind an demselben Tag, an dem die Queen Victoria aus Hamburg auslief, verschwunden. Sie sind einfach an Bord gegangen!"

Herr Fröhlich rief schallend: „Und der Schiffsjunge mit der Nickelbrille ist kein anderer als mein Günter!"

Wiesels Vater vertiefte sich wieder in die Zeitung. „Aber", sagte er plötzlich, „das Schiff wurde doch nach unseren Jungen durchsucht! Wie sind sie überhaupt an Bord gekommen? Sie wissen doch gar nichts von der Einladung nach Australien? Was wissen sie über Oliver Sombard?"

Lehrer Karsten rutschte im Sessel hin und her. Ihm kamen auf einmal zweifelnde Gedanken. „Wenn es nun einen anderen Geheimbund gibt", fragte er, „mit denselben Methoden, wie unsere Jungen sie anwandten? Vielleicht sind sie es gar nicht? Vielleicht — täuschen wir uns?"

„Nein", sagte Herr Fröhlich. „Erst mal abwarten. Mir ist soeben eine großartige Idee gekommen . . ."

Reporter Boom denkt nach

Der Reporter lag im Liegestuhl an Deck und schaukelte die Beine hin und her. In seiner Brusttasche knisterte das Telegramm, das ihm seine Zeitung geschickt hatte. Er nahm es heraus und las es noch einmal.

‚unsere nachforschungen haben ergeben, daß zur zeit zwölf geheimbünde existieren — stop — vier in den usa drei in italien zwei in mexiko einer in deutschland zwei in südafrika — stop —'

Reporter Boom las aufmerksam die näheren Beschreibungen. Seine Zeitung hatte ihm alles Wissenswerte mitgeteilt, so auch die Anzahl der Mitglieder, Verbrechen, Standort, Ziele. Alle Geheimbünde aber dienten verbrecherischen Zielen — bis auf einen. Interessiert las er weiter:

... drei jungen günter fröhlich ajax hümmer und wiesel karsten haben vor einem jahr eine der größten höhlen bei einer verbrecherjagd entdeckt — stop — der geheimbund nennt sich die burggefährten — stop —

Reporter Boom ließ das Telegramm sinken.

„Der Geheimbund: Die Burggefährten", murmelte er. Dann langte er in die Tasche. Dort befand sich ein zweites Telegramm. Seine Zeitung meldete ihm: ... der wahlspruch der burggefährten lautet — stop — wir warnen alle diebe und unehrlichen Leute — stop — das auge des geheimbundes sieht und hört alles — stop — weh dem der stiehlt und betrügt — stop — Reporter Boom pfiff durch die Zähne. „Das gleiche stand auf den Zetteln in den Kabinen", murmelte er.

Plötzlich stand er auf, steckte die Telegramme in die Tasche und lief auf die Kommandobrücke.

„Hallo, Kapitän!“ begrüßte ihn der Reporter und schlug ihn ungeniert auf die Schulter. „Was macht der Geheimbund?“

Der Kapitän fuhr wie von der Tarantel gestochen herum. Seine Augen blitzten böse. „Hören Sie mit diesem Namen auf!“

„Ich habe ja nur gefragt, nicht? Übrigens“, er lächelte hintergründig, „ist in der Sache Oliver Sombard schon etwas geschehen? Sie wissen — meine Zeitung interessiert das.“

Der Kapitän schrie: „Gehen Sie mir mit Ihrer Zeitung vom Leibe, Herr! Mit Ihren haarsträubenden Berichten blamieren Sie mich und das ganze Schiff. Herr, machen Sie, daß Sie von der Kommandobrücke verschwinden!“

Reporter Boom ließ sich nicht erschüttern. Gelassen brannte er sich eine Zigarette an.

„Mir ist heute etwas eingefallen, Kapitän“, sagte er. „Im Ärmelkanal erhielten Sie doch ein Telegramm: durchsucht schiff nach vermißten jungen günter fröhlich wiesel karsten und ajax hümmer — stop — jungen vermutlich an bord — stop —.“

Der Kapitän nickte unwillig.

„Diese Jungen“, sprach der Reporter gemütlich weiter, „sind am Tage des Auslaufens der Queen Victoria verschwunden, nicht wahr?“

„Ja“, gab der Kapitän mit grober Stimme zur Antwort. Er war in keiner guten Stimmung. Der Geheimbund verdarb ihm gründlich die Laune. Aber auch Reporter Boom fiel ihm auf die Nerven.

„Hat man den Geheimbund schon entdeckt?“ fragte der Reporter höflich. „Oder irgend etwas in der geheimnisvollen Ankündigung über Oliver Sombard?“

„Nein!“ schrie der Kapitän. Mit einem Ruck wandte er sich um. „Herr, was wollen Sie denn von mir?“

„Eine Auskunft“, erwiderte der Reporter schlicht.

Der Kapitän blickte ihn argwöhnisch an. „Welche Auskunft?“ fragte er.

Boom lächelte zufrieden. Er war der Sache schon einen Schritt näher gekommen.

„Ich habe heute morgen die Passagierlisten eingesehen“, sagte Boom.

Der Kapitän wurde neugierig. „Und welche Auskunft wollen Sie von mir haben?“

„Wer ist Harry Baker?“

„Ich habe keine Ahnung, Sir.“

„Ist Ihnen bekannt“, fragte Boom, „daß ein Herr namens Harry Baker eine Kabine für drei Passagiere bezahlt hat? Für diese Überfahrt!“

„Möglich“, entgegnete der Kapitän. „Warum erzählen Sie mir das? Viele Leute bezahlen Kabinen. An Bord gibt es nur bezahlte Kabinen!“

Reporter Boom hob die Stimme: „Die Kabine wurde für die Jungen Günter Fröhlich, Wiesel Karsten und Ajax Hümmer bezahlt. Sie sollten mit diesem Schiff nach Australien fahren. Am Tage der Abfahrt verschwanden sie aber auf rätselhafte Weise.“

„Wie bitte?“ stammelte der Kapitän. „Sind Sie übergeschnappt, Herr?!“

„Im Gegenteil“, sagte der Reporter. „Sehen Sie doch in den Schiffslisten nach. Die Kabine gehört jenen Jungen, nach denen das Schiff durchsucht wurde.“

„Eine bezahlte Kabine?“ stotterte der Kapitän. „Die Jungen sollten . . . mit diesem Schiff . . . fahren? Fockmast und Brahmsegel — wer ist dieser Harry Baker?“

„Das frage ich Sie." Der Reporter kehrte um und lief auf Deck hinunter.

Der Kapitän stürzte zum Bordmikrofon und befahl: „Der 2. Offizier sofort auf die Kommandobrücke — Schiffslisten mitbringen — eilt!"

Unterdessen ließ sich Reporter Boom wieder in den Liegestuhl fallen. „An Bord ist der Teufel los", murmelte er. „Papier und Druckerschwärze — wer ist dieser Harry Baker? Warum bezahlt er eine leere Kabine? Weshalb verschwanden die Jungen in Hamburg? Welche Absicht steckt hinter der bezahlten Schiffskabine?"

Rätsel über Rätsel. Reporter Boom dachte scharf nach. Die Zettel in den Kabinen waren dieselben, wie sie der Geheimbund ‚Die Burggefährten' vor einem Jahr beschrieb. Drei unbekannte Gestalten überfielen nachts den Koch. Ein Junge mit einer Nickelbrille überbrachte der Gräfin Sokowski den Brief mit dem Diamanten. Einer dieser Burggefährten aus Eicha trug eine Nickelbrille.

Für Reporter Boom bestand nur die eine Gewißheit: hinter dem Geheimbund verbargen sich diese drei in Hamburg verschwundenen Jungen! Woher aber nahmen sie die Schiffsjungenanzüge? Wo steckten sie? Was war mit Harry Baker?

Er stand auf und spazierte über Deck.

Señor Madeira, ein berühmter spanischer Stierkämpfer, lief ihm vor die Beine. „Guten Tag, Caballero!" grüßte der Spanier. „Nun, sind Sie dem Geheimbund schon auf die Spur gekommen?"

„Ich habe die beste Nase auf dem Schiff", antwortete er geheimnisvoll. „Reporter Boom kennt bereits den Geheimbund. Aber er verrät nichts, bevor das Schiff Australien angelaufen hat!"

Er lief weiter und ließ den verdatterten Señor Madeira stehen.

Ein Mädchen spielte vor ihm Ball. Sie trug blonde Zöpfe und lachte aus blauen, großen Augen. „Hallo, Doris!" rief er. „Gefällt es dir an Bord?"

„Danke, gut", antwortete sie. Plötzlich fiel ihr Günters Auftrag ein. Kurzentschlossen wandte sie sich an ihn: „Meine Eltern sprechen viel über Oliver Sombard. Bitte können Sie mir sagen, wer das ist? Bitte — bitte."

Der Reporter lächelte. „Aber gerne, kleines Mädchen. Oliver Sombard ist ein sehr gefährlicher Raubmörder. Vor vier Wochen entsprang er aus einem Hamburger Zuchthaus . . . Aber Doris!" rief er erschreckt. „Was hast du denn plötzlich?"

Doris war leichenblaß geworden. Mühsam unterdrückte sie ihre Erregung. „Ach, nichts . . ." sagte sie schwach. „Ich bin nur . . . erschrocken."

Sie machte kehrt und lief davon. Tausend Gedanken stürmten auf sie ein. Die Burggefährten schwebten in Ge fahr!

Gefahr

In der Kleiderkammer der Queen Victoria hockten Wiesel und Günter neben Ajax. Wiesel prüfte den Verschluß einer Limonadenflasche, und Günter setzte den letzten Punkt unter einen Brief. Sorgfältig überprüft er noch einmal den Text der Botschaft.

„Fertig?" fragte Ajax. „Lies mal die Flaschenpost vor!" bat er.

Günter rückte die Brille auf seiner Nase und las: „Liebe Eltern. Uns geht es gut, wir sind wohlbehalten an Bord der Queen Victoria. Macht euch keine Sorgen. Der Geheimbund sieht und hört alles. Günter, Wiesel und Ajax."

„Hast du auch Datum und Anschrift aufgeschrieben?"

„Natürlich", sagte der Doktor und nahm Wiesel die Limonadenflasche aus der Hand. „So, der Brief kommt jetzt in die Flasche ... jetzt wird sie verschlossen", rief er und hielt die Flasche in die Höhe.

„Hoffentlich findet sie jemand im Meer."

„Es fahren viele Schiffe auf dem Ozean", sagte Ajax. „Wenn wir Glück haben, wird die Flasche gefunden. Und wenn man sie in zehn Jahren findet, kommt sie auch nach Eicha. Darauf könnt ihr euch verlassen."

„Wer wirft die Flasche ins Meer?" fragte Wiesel.

Günter stand auf und zog die Schiffsjungenjacke über.

„Ich", sagte er. „Und zwar gleich. Wiesel, du gehst in den Gepäckraum und beschattest den blinden Passagier. Wenn ich zurückkomme, löse ich dich ab."

„Paß auf!" warnte Ajax. „Lauf der Gräfin Sokowski nicht in den Weg. Mach einen weiten Bogen um Reporter Boom. Der Kerl will ja den Geheimbund aufdecken. Komm gleich wieder zurück. Wir dürfen bei Tag nicht mehr an Deck gehen. An Bord suchen zu viele Leute nach uns!"

„Keine Bange", wehrte Günter ab und setzte sich die weiße Mütze auf. Die Flaschenpost verbarg er unter der Jacke.

Während Günter vorsichtig durch das Innere schlich, stand Doris ratlos neben der Luke auf dem Hinterdeck. Sie mußte die Burggefährten warnen!

Der Lukendeckel bewegte sich. Und jetzt hob sich der Deckel um einige Zentimeter.

„Hallo . . .!“ flüsterte sie. „Ich bin es — Doris! Komm raus, die Luft ist rein. Mach schnell!“

„Doris?“ fragte Günters Stimme.

„Ja, ich . . . komm raus, Günter. Ich warte schon lange hier.“

Günter warf den Deckel zurück und kletterte heraus.

„Wir sind in großer Gefahr!“ platzte Doris heraus. „Der blinde Passagier Oliver Sombard ist ein entsprungener internationaler Raubmörder. Vor vier Wochen ist er aus Hamburg entflohen und hat dabei einen Menschen getötet. Reporter Boom und die Leute auf dem Schiff haben es mir erzählt!“

„Ein . . . Raubmörder?“ stammelte Günter.

„Ihr schwebt in tödlicher Gefahr. Oliver Sombard will mit diesem Schiff fliehen. Er wird jeden töten, der ihn daran hindert. Bitte geht nicht mehr in den Frachtraum, meldet es dem Kapitän!“

„Das geht nicht“, sagte Günter.

„Laßt eure Finger von Oliver Sombard. Er wird euch töten!“

„Und unser Schwur?“

„Ich verstecke euch in unserer Kabine“, bettelte Doris.

„Wir werden Oliver Sombard der gerechten Strafe zuführen“, entschied er. Dann erinnerte er sich auf einmal der Flaschenpost. Er lachte. „Briefträger und Postamt gibt es hier leider nicht. Achtung — plumps!“

Die Flasche schlug auf dem Wasser auf und wurde rasch von den Wellen fortgetragen.

„Gute Reise!“ wünschte Günter. „Hoffentlich verschluckt sie kein Haifisch!“

„Für wen ist denn die Flaschenpost?“ fragte Doris.

„Für Zuhause“, sagte Günter. „Unsere Eltern machen

sich bestimmt große Sorgen um uns. Vielleicht haben wir Glück mit der Flaschenpost."

„Wann landet die Queen Victoria in Australien?"

„In acht Tagen! Kommst du heute abend ins Rettungsboot?"

„Wir treffen uns heute abend um die gleiche Zeit. Du bist ein fabelhafter Kerl, Doris. Aber jetzt muß ich verschwinden. Auf Wiedersehen!"

Günter kletterte, so schnell er konnte, in das Schiff hinein. Im Frachtraum traf er Wiesel.

„Komm mit!" flüsterte er. „Zurück in unser Versteck, habe wichtige Nachrichten!"

Lautlos lösten sie sich von der Stelle und erreichten das Versteck. Dort erzählte Günter, was er eben von Doris erfahren hatte.

„Junge", sagte Ajax, „das ist aber eine feine Nachricht. Seit Tagen leben wir in der Nachbarschaft eines gefährlichen Verbrechers. Wenn der uns am Kragen erwischt . . ."

Wiesel rieb sich an der Nase. „Wir wissen nicht, ob er bewaffnet ist", sagte er langsam. „Wahrscheinlich ist er es."

„Oliver Sombard setzt alles auf eine Karte, wenn wir ihn aufstöbern", sagte Ajax.

„Um Hilfe schreien, wenn es schief geht, können wir nicht. Niemand an Deck und im Schiff hört uns." Wiesel überlegte. „Im Gepäckraum ist es halbfinster. Der gerade Ausgang führt auf unser Versteck. Mich wundert jetzt, daß der Verbrecher uns noch keinen Besuch abgestattet hat. Wenn der hier aufkreuzt und uns entdeckt — na dann Prosit, Herrschaften!"

„Er weiß doch nichts von uns", warf Ajax ein.

„Der Kerl ist groß und stark wie ein Bär. In dem dunklen, engen Frachtraum haben wir keine Chance. Wir brauchen ..."

„... eine List", ließ sich Günter zum erstenmal vernehmen. „Wir müssen ihn aus seinem Versteck herauslocken und ihn in eine Falle führen!"

Sie dachten nach. Wo war eine Falle für Oliver Sombard? „Vielleicht läuft er selbst in eine Falle?" sagte Ajax.

Günter sprang mit einem Satz auf und hieb Ajax freudestrahlend auf die Schulter.

Wiesel riß verwundert die Augen auf. „Bist du tropenkrank geworden?" stotterte er.

„Mensch, Ajax", jubelte Günter, „du hast des Rätsels Lösung gefunden!"

Überrascht sahen die beiden Freunde in das lachende Gesicht des Doktors.

„Was-was habe ich ge-gefunden?" stotterte Ajax.

„Des Rätsels Lösung!" rief Günter. Zuversichtlich sah er in die erwartungsvollen Gesichter seiner Freunde. „Könnt ihr euch nicht denken, was ich meine?"

In Wiesels Kopf dämmerte es. Leise pfiff er durch die Zähne. „Aha", sagte er. Und dann wieder: „Aha!"

„Was heißt da aha?" fuhr Ajax auf. „Wollt ihr Dummköpfte mir nicht sagen, was ‚aha' bedeutet?"

Günter klopfte Ajax auf den Rücken.

„Du bist eine Kanone, Ajax", sagte er. „Der Verbrecher muß von selbst in eine Falle laufen. Das ist doch klar. Verstehst du das ...?"

Wiesel ging ein Licht auf. „Wir müssen also ..."

„... den Verbrecher aus seinem Versteck locken. Dann müssen wir so tun, als ob wir ihn verfolgen. Natürlich wird Oliver Sombard fliehen. Bei dieser Gelegenheit ..."

„. . . läuft er von selbst in eine Falle hinein", schloß Ajax scharfsinnig.

„Zuerst müssen wir den Verbrecher aus seinem Versteck herauslocken. Wohin er dann läuft, werden wir schon sehen. Wir müssen", betonte Günter jedes Wort, „wir müssen ihn zwingen, an Deck zu laufen. Ist er einmal an Deck, sind die Rettungsboote das einzige Versteck für ihn. Und ist er einmal in dem Rettungsboot drin, haben wir leichtes Spiel."

„Wir brauchen", sagte Ajax, „eine Karte über die Lage des Schiffes. Wir müssen genau den Weg einzeichnen, auf dem wir Oliver Sombard zwingen, an Deck zu flüchten."

„Doris muß uns eine Karte besorgen", warf Wiesel ein.

Günter rückte an seiner Brille und sagte ernst: „Der Gang ist sehr gefährlich. Wenn der Verbrecher entdeckt, daß drei Jungen mit ihm Katz und Maus spielen, sind wir sehr in Gefahr."

Der Doktor stand auf.

„Der Geheimbund hat eine schwere Aufgabe vor sich. Dabei dürfen wir nur keinen Fehler machen. Und jetzt wollen wir den Plan überlegen, wie wir Oliver Sombard aus seinem Versteck locken und ihn an Deck zwingen, ohne daß er hinter unsere Absicht kommt."

„Ich weiß schon etwas", sagte Wiesel.

„Ich auch", grinste Ajax und klopfte Günter lobend auf die Schulter. „Nichts gegen Brillen, Doktor. Dein Gehirn ist unsere beste Waffe. Hast du dir schon einen Plan ausgedacht?"

„Ja", sagte Günter mit einem listigen Lächeln. „Paßt mal auf. Mir ist gerade etwas eingefallen . . ."

Die Zeitung meldet

Die Väter der drei Burggefährten saßen im Zimmer des Direktors Fröhlich und sahen auf die Zeitung, die Günters Vater in der Hand hielt.

„Nun?" fragte Karsten. „Was berichtet Reporter Boom Neues von der Queen Victoria?"

Herr Fröhlich strahlte. „Nun haben wir endlich die Gewißheit, daß unsere Jungen an Bord der Queen Victoria sind!" rief er. „Hier bitte — lesen Sie das Neueste vom Schiff!"

Herr Karsten nahm die Zeitung entgegen. Der Polizist strich sich aufgeregt über den Schnurrbart, als Herr Karsten mit lauter Stimme zu lesen begann:

> An Bord der Queen Victoria. Die Spannung der letzten Tage hat nicht abgenommen. Alle Passagiere warten auf ein neues Eingreifen des rätselhaften Geheimbundes. Unser Reporter Boom berichtete uns, daß das seltsame Verschwinden dreier Jungen im engsten Zusammenhang mit den Vorfällen an Bord steht. Ein Mann namens Harry Baker spielt eine wichtige Rolle bei der Aufklärung der Vorfälle. Bisher ist unserem Reporter noch nichts über jenen geheimnisvollen Mann im Hintergrund bekannt geworden.

„Alle Wetter", entfuhr es dem Polizisten, „gemeint ist hier doch Onkel Harry, der unsere Jungen auf seine Farm eingeladen hat!"

> Noch ist an Bord nichts geschehen, was Licht in die Ankündigung des Geheimbundes wirft: Wer ist Oliver Sombard? Man vermutet den gefährlichen Raubmörder an Bord. Der Kapitän hat sich bisher

den Bitten der Passagiere widersetzt, das Schiff nach dem Verbrecher durchsuchen zu lassen. Abschließend berichtet unser Reporter, daß der Geheimbund zweifellos aus jenen Mitgliedern bestehe, die vor einem Jahr in einer deutschen Kleinstadt bei einer Verbrecherjagd eines der größten Höhlensysteme entdeckt haben.

„Haben Sie gehört, meine Herren?" rief Herr Fröhlich. „In der Zeitung steht, daß das rätselhafte Verschwinden dreier Jungen im engsten Zusammenhang mit den Vorfällen an Bord steht!"

Oberwachtmeister Hümmer nickte eifrig. „Gemeint sind natürlich Günter, Wiesel und mein Lausbub Ajax."

„Ich möchte nur wissen", sagte Herr Karsten, „wie der Reporter dahintergekommen ist?"

„Wir müssen sofort an den Kapitän telegraphieren", rief Herr Hümmer. „Er muß unseren Jungen ihre bezahlte Kabine anweisen!"

„Nein", sagte Herr Fröhlich.

„Wie bitte?" stotterte der Polizist.

Herr Karsten schaltete sich ein. „Aber, Herr Fröhlich. Nun, da wir den Aufenthalt der Jungen kennen, müssen wir doch sofort telegraphieren!"

Herr Fröhlich machte ein geheimnisvolles Gesicht. „Telegraphieren — ja", sagte er. „Aber nicht an den Kapitän der Queen Victoria, sondern an Onkel Harry in Australien."

„An Mister Baker?"

„Wieso an Mister Baker?" fragte Wiesels Vater verwundert. Herr Fröhlich steckte sich eine Zigarre an und blies den Rauch an die Decke. „Ich habe eine Idee", sagte er. „Warum sollen unsere Jungen allein gute Ideen haben? Wir schreiben", erklärte Günters Vater, „Onkel Harry in Australien, daß die Jungen pünktlich mit dem Schiff eintreffen. Natürlich legen wir auch die Zeitungsausschnitte bei."

„Unsere Jungen wissen doch gar nicht, daß sie nach Australien fahren sollen!" erklärte Herr Hümmer.

„Natürlich!" fiel Lehrer Karsten ein. „Sie haben keine Ahnung, daß eine Schiffskabine für sie auf der Queen Victoria reserviert ist."

Herr Fröhlich schmunzelte. „Eben", sagte er, „und darauf läuft mein Plan hinaus. Die Jungen werden sich ärgern, daß sie mit demselben Schiff schön und bequem hätten fahren können. Das soll die Strafe für ihre Tat sein."

„Eine solche Schiffsreise hat noch kein Junge mitgemacht", sagte Herr Hümmer. „Natürlich muß wieder mein Lausbub, der Ajax, dabei sein."

Reporter Boom auf Jagd

Mister Boom zündete sich eine Pfeife an und schaukelte in seinem Liegestuhl hin und her.

Der Reporter war zufrieden. Seine Zeitung hatte ihm gefunkt, daß sich die Leserbriefe türmten. Das große Rätselraten um den Geheimbund hatte begonnen. Einige Zeitungsleser glaubten, des Rätsels Lösung bereits gefunden zu haben. Andere Zeitungen druckten die Meldungen ab. In großen Artikeln berichteten sie von den Vorgängen an Bord der Queen Victoria.

Über eines war sich Mister Boom aber nicht klar.

Er hatte die Schiffsliste eingesehen. Schwarz auf weiß stand dort zu lesen, daß eine Kabine für die Jungen Günter Fröhlich, Ajax Hümmer und Wiesel Karsten bestellt war. Die Fahrt war von einem australischen Farmer namens Harry Baker bezahlt worden.

Wer war dieser Harry Baker? Was steckte hinter dieser geheimnisvollen Überfahrt? Warum hatten die Jungen nicht die Kabine benutzt? Warum fuhren sie als blinde Passagiere?

Seit Tagen lag er auf der Lauer. Täglich trug er seinen Fotoapparat bei sich. Er mußte unbedingt Bilder von den Jungen machen, seine Zeitung wünschte es.

Mister Boom stand auf. Sein Weg führte ihn in die Tiefe des Schiffes. Über Treppen und Eisenstangen kletterte er in den Bauch des Schiffes hinunter.

Mister Boom war entschlossen, das Schiff von oben bis unten nach den Burggefährten zu durchsuchen. Angezogen war er wie ein Detektiv. Er trug braungefleckte Knickerbocker, schwarze Schuhe, ein knallgelbes Hemd und eine schöne weiße Schildmütze. Es fehlten nur noch die Handschuhe, die Tabakpfeife und der Revolver. So gelangte er immer tiefer in das Schiff hinein. Plötzlich stockte er. Irgendwo waren Stimmen — leise, flüsternde Stimmen. Auf Zehenspitzen näherte er sich einer kreisrunden Stahltür. Mister Boom hielt den Atem an und spitzte die Ohren.

In diesem Augenblick wurde die Türe aufgerissen. Mister Boom verspürte einen heftigen Schlag gegen die Nase. Sterne tanzten vor seinen Augen. Im Kopf verspürte er einen stechenden Schmerz.

Zwei Matrosen schritten lachend aus dem Maschinenraum. Sie bemerkten den Reporter nicht, sondern liefen an ihm vorbei und verschwanden.

Auf schwachen Füßen tastete er sich weiter. Sein Kopf brummte wie ein Flugzeugmotor. „Diese blödsinnigen Matrosen!" schimpfte er.

Weiter ging die Jagd nach den Burggefährten. Der Reporter strich über seine Kamera. Zum Glück war sie nicht zerbrochen. Ein finsterer Grimm erfüllte seine Brust. Nun mußte er erst recht die Burggefährten finden.

Eine Treppe führte nach unten. Schwach beleuchtete rotes Licht einen Gang. Auf einer grünen Tafel stand grellrot: „Vorsicht — es droht Gefahr!"

Mister Boom schob die weiße Schildmütze ins Genick. Dann gab er sich einen Ruck und stieg hinunter.

Eine dunkle Tür stand offen. Der Reporter hatte keine Lampe bei sich. Das war schade.

Er stolperte und fiel mit einem lauten Schrei zu Boden. Die Mütze fiel herunter. Auf allen Vieren kroch er auf den Ausgang zu. Aber er fand ihn nicht mehr.

Angstschweiß perlte auf seiner Stirn. Wohin seine Hände auch tasteten, überall fühlte er seltsame Gegenstände unter sich. Mister Boom begann mit den Zähnen zu klappern. Schließlich rief er aus Leibeskräften um Hilfe. Aber niemand hörte ihn.

Die Zeit verstrich. Der Reporter kroch vorsichtig auf dem Bauch weiter. Und er hatte Glück — er fand den Ausgang wieder. Seine schmerzenden Augen erkannten die Treppe, das Schild und die rote Lampe.

Mit einem Seufzer stand er auf. Das war noch einmal gut gegangen. Aber zum Teufel — wohin war er geraten?

Alles war schwarz. Die Knickerbocker, das Hemd, das Gesicht — natürlich, das Gesicht auch!

Der Reporter war in einen Kohlenhaufen gefallen. Mister Boom hatte genug.

Er verzichtete auf eine weitere Jagd nach den Burggefährten. Schlotternd stieg er an Deck.

Der erste, der ihm in den Weg lief, war der Kapitän. Der schlug die Hände über dem Kopf zusammen.

„O heiliger Klabautermann!" schrie er. „Wo kommen Sie her? Sie sehen ja wie ein Schlotfeger aus. Sind Sie's oder sind Sie's nicht?"

„Ich bin es", sagte der Reporter zerknirscht, „der Reporter Boom von der New York Times."

Der Kapitän begann laut und schallend zu lachen. „Und

Ihre Nase", schrie er, „und die geschwollene Wange! Unglücksmann, wo sind Sie denn herumgepoltert?"

Mister Boom verzog das Gesicht. „Geheime Reportersache", sagte er. Dann machte er, daß er von Deck verschwand.

Der Geheimbund sieht und hört alles

Vierundzwanzig Stunden waren vergangen, seitdem die Burggefährten den Beschluß gefaßt hatten, Oliver Sombard in eine Falle zu locken. An Bord war es ruhig. Schimmernd strahlten Millionen Sterne am nachtschwarzen Himmel. Mit unverminderter Geschwindigkeit schwamm die Queen Victoria ihrem Ziele zu. Die Passagiere schliefen in ihren Kabinen oder vertrieben sich in den Salons, Leseräumen und Speiselokalen die Zeit. Kein Sturm hatte bisher die Fahrt der Queen Victoria behindert. Auch in der Nacht wehte ein warmer Wind. Fliegende Fische und Haie begleiteten die schnelle Fahrt des großen Ozeandampfers. Der Kapitän des Schiffes unterhielt sich in der Bar lachend mit der ausgesöhnten Gräfin Sokowski. Doris' Eltern waren bei einem befreundeten Geschäftsmann eingeladen. Reporter Boom lag in seinem Bett und träumte von der Ergreifung des Geheimbundes. Viele Stockwerke tiefer, an der untersten Stelle des Schiffes, saßen in der Kleiderkammer die Mitglieder des Geheimbundes. Rot fiel das Lampenlicht auf ihre Gesichter.

Günter sagte zu Doris: „Wenn einer von uns das Alarmsignal pfeift", wiederholte er, „rennst du an die Stelle, woher der Pfiff ertönte. Wir wissen noch nicht, wo der

Verbrecher an Deck kommen wird. Wenn unser Plan gelingt, dann kommen wir auf dem Vorderdeck an."

Günter rückte an seiner Brille: „Du mußt so lange an Deck bleiben, bis wir oder der Verbrecher aufgetaucht sind. Wenn in zwei Stunden noch keiner von uns erschienen ist, läufst du zum Kapitän und meldest ihm die ganze Geschichte. Dann ist uns etwas geschehen."

„Ja", sagte Doris.

„Wissen deine Eltern, daß du ausgekniffen bist?" fragte Wiesel.

Doris schüttelte den Kopf. „Sie denken, ich schlafe. Zum Glück kommen sie heute sehr spät zurück. Papa sagte mir, daß es sicherlich Morgen wird, ehe sie in die Kabine kommen."

Günter warf den dreien einen Blick zu. Eine Schiffskarte, die Doris von ihrem Ersparten gekauft hatte, lag auf seinen Knien.

„Unser Plan steht also fest", sagte er. „Wir haben Zeit gehabt, uns die Lage des Schiffes einzuprägen. Das war für uns sehr wichtig. Ich prüfe nochmal euer Gedächtnis."

Ajax sah auf. Ihm war das Auswendiglernen am schwersten gefallen. Einen ganzen Tag hatte er gelernt. Nun aber fühlte er sich bombensicher.

„Leg los, Doktor!" sagte er.

„Wo liegen die Kabinen der 2. Klasse?"

„Im Hinterschiff, ein Stockwerk tief, unterhalb des Aufgangs zum Hauptdeck. Unter den Kabinen liegt das Schwimmbad, darüber der Turnsaal. Ganz tief unten sind die Frachträume. Es führen fünf Wege zum Deck. Erstens . . ."

„Wiesel, sag du sie", forderte ihn Günter auf.

Wiesel kam sich wie in der Schule vor. Aber wie in

der Schule, so hatte auch dieses Einprägen seinen bestimmten Sinn. Wiesel tat es deshalb freudig. Ihr Plan hing von ihren Köpfen ab — das wußten sie alle. Sie mußten alle Räume des Schiffes im Gedächtnis haben, sonst waren sie verloren.

„... fünf Wege", sagte Wiesel. „Sie führen zu den Mannschaftsräumen, zum Rauchsalon, zum Spielplatz an Deck, zum Speisesaal und zu den Friseursalons. Der sicherste Weg ist, das Schwimmbad zu durchqueren und mit dem Aufzug an Deck zu fahren."

„Gut", sagte Günter. „Wie gelangt man von unserem Versteck in den Maschinenraum?"

Ajax hustete zuerst. Er überlegte. Dann sagte er langsam:

„Man muß zuerst sämtliche Fracht- und Gepäckräume durchlaufen. Unterhalb des Hauptmastes beginnen die Zwischendeck-Kabinen. Von hier aus kommt man dann in große Kühlräume, anschließend in Kohlenbunker, dann wieder in den nächsten Turbinenraum und endlich in den Maschinenraum. Daran schließen sich wieder Frachträume unterhalb des Achterdecks an."

„Wo liegt eigentlich die Küche, Wiesel?" fragte Günter.

„Über dem Kühlraum und unterhalb des Speisesaals der 1. Klasse."

„Wo liegt der Ingenieur-Raum?"

„Mittschiffs", antwortete Ajax.

Günter faltete die Karte zusammen und reichte sie Doris hinüber. „Damit ist alles klar. Unser Plan steht fest."

Doris sah auf die Sprechrohre, die neben Günter lagen und die sie auf Verlangen mitgebracht hatte. „Warum brauchst du ein Sprechrohr, Günter?" fragte sie.

„Paß mal auf", sagte Günter und rief: „Alle Mann die Waffen entsichern!" Dann hielt er das Sprechrohr vor den Mund und rief den gleichen Befehl. Seine Stimme klang auf einmal wie eine Männerstimme. „Weißt du nun, warum?"

„Aber ja!" rief Doris überrascht. „Der Verbrecher darf nicht wissen, daß er von Jungen verfolgt wird. Eure richtigen Stimmen würden euch verraten. Mit dem Sprechrohr aber habt ihr dunkle Männerstimmen!"

„Jawohl", sagte Ajax und grinste. „Köpfchen, was?"

Günter begleitete Doris Minuten später an Deck. Sie stellte sich unter die Aufgangsbrücke zum Verdeck und gab Günter die Hand. „Macht's gut", flüsterte sie. „Hier warte ich auf das Alarmsignal!"

Günter kam zurück. Schweigend zogen sie die Schiffsjungenkleider an. „Alles fertig?" fragte Ajax und verteilte die Sprachrohre.

„Alles bereit!" antwortete Wiesel und der Doktor. Sie warfen noch einen flüchtigen Blick auf das Versteck.

Dann folgten sie Günter und schlichen auf leisen Sohlen durch das Schiff. Ajax machte den Schlußmann. An der Tür zum Frachtraum, hinter der sich Oliver Sombard versteckt hielt, blieb Ajax zurück. Er verbarg sich hinter der Treppe, die zum Maschinenraum führte, und wartete. Günter und Wiesel liefen unterdessen weiter. Wiesel war es nicht ganz wohl zumute, zehn Meter vor ihnen lag Sombards Versteck. Sie liefen ganz in die Nähe des Verbrechers und rückten Koffer und Kisten hin und her. Sie machten einen Heidenlärm.

„So was Dummes", sagte Günter mit heller Jungenstimme. „Der Koffer von Lady Sheffield ist bestimmt nicht hier!"

„Yes", sagte Wiesel. Mit seinen scharfen Augen behielt er die Kiste, in der Oliver Sombard lag, im Auge.

„Ein Schiffsjunge muß einfach alles machen", beschwerte sich Günter wieder. „Komm mal hierher!" rief er. „Der Koffer ist aufgebrochen und ausgeraubt. Das müssen wir sofort dem Kapitän melden!"

„Yes", sagte Wiesel.

„Weißt du was?" tat Günter wichtig. „Vielleicht hat ihn Oliver Sombard — ausgeraubt", fuhr Günter harmlos fort. „Seit acht Stunden durchsuchen sie schon das ganze Schiff nach ihm."

„Yes", sagte Wiesel.

„Bald werden sie hier sein", sagte Günter. „Aber jetzt laufen wir an Deck und melden unseren Fund dem Kapitän. Los, lauf schon!"

„Yes", rief Wiesel.

Klappernd liefen sie davon. Sie öffneten die Tür und schlugen sie wieder zu.

„Hoffentlich klappt unsere List", flüsterte Wiesel.

Günter machte sich an die schwierigste Aufgabe. Lautlos schlich er sich an die Kiste heran. Er mußte daran vorbeikommen und an die hintere Tür gelangen, um Oliver Sombard den Fluchtweg in die hinteren Frachträume zu verlegen. Schnell huschte Günter an der Kiste vorbei.

Unbemerkt erreichte er die Tür und wischte hindurch. Dann ging er sofort an die Ausführung seines Planes. In der Mitte des anderen Frachtraumes begann er plötzlich, Koffer und Kisten umzuwerfen. Günter machte einen fürchterlichen Lärm. Er erweckte den Eindruck, als durchsuchten zwanzig Matrosen den Frachtraum nach einer Stecknadel.

Günter hielt das Sprachrohr vor den Mund. „Achtung,

Leute!" rief er laut. „Schußwaffen entsichern — durchsucht jede Kiste — hier muß Oliver Sombard verborgen sein!"

Wiesel lag in der Nähe der Kiste. Sein Herz schlug wie ein Rennmotor. Aus dem anderen Frachtraum erklang lautes Poltern. Dann Günters Stimme, die dunkel und schneidend alles übertönte. Wiesel verkrampfte die Hände am Boden und starrte auf die Kiste.

Plötzlich bewegte sie sich. Wiesel duckte sich noch tiefer auf den Boden. Langsam — sichernd und lauernd — erschien ein bärtiger Kopf. Das trübe Licht fiel auf Oliver Sombard.

„Hallo, James, Jim, Jack, Harry, Fred!" hörte er Günters dunkle Stimme wieder. „Hierher an diese Stelle. Bei Gegenwehr sofort schießen!"

Mit einem Satz sprang der Verbrecher aus seinem Versteck. Wiesel konnte in sein Gesicht sehen. Er war zu Tode erschrocken und leichenblaß. Gehetzt irrten die Augen hin und her. Fieberhaft sah er sich nach einer Fluchtmöglichkeit um. Wiesel kroch langsam zurück. Der Verbrecher stand noch immer wie erstarrt auf der gleichen Stelle. Dann plötzlich gerieten seine Glieder in Bewegung. Mit einem Fluchwort hetzte er zur anderen Tür.

In diesem Augenblick pfiff Wiesel gellend durch die Zähne. Das Alarmsignal! Die Jagd auf den Verbrecher begann! Ajax hörte den Pfiff. Tief kauerte er sich neben der Treppe zu Boden. Licht fiel plötzlich auf den Gang. Die Tür wurde aufgerissen. Oliver Sombard sah sekundenlang suchend umher. Dann entdeckte sein gehetzter Blick die Treppe.

Ajax sah ihn mit fliehenden Sätzen auf die Treppe zurasen. Sofort hielt er das Sprechrohr vor den Mund und brüllte wie ein Löwe hinein: „Stop!"

Taumelnd prallte der Raubmörder an die Wand. Schweißperlen traten auf seine Stirn. Eingeschlossen, hämmerte es in seinem Gehirn, umstellt! „Verdammt — ich muß zurück!“ flatterten die Worte von seinen Lippen. Er machte kehrt und raste den Gang zurück. Ajax erhob sich und folgte ihm. Günter und Wiesel saßen hinter einer Kiste im Frachtraum. Plötzlich pfiff Ajax das Warnsignal. Zur gleichen Zeit stürzte der Verbrecher in den Frachtraum. Der Pfiff erschreckte Oliver Sombard.

Günter hielt das Sprechrohr an die Lippen und schrie: „Hände hoch, Oliver Sombard! Keine Bewegung — zwanzig Revolver sind auf dich gerichtet!“

Mit einem Riesensatz landete der Verbrecher hinter einer großen Kiste. Die Burggefährten hörten, wie er in fieberhafter Eile eine kleinere Kiste zertrümmerte. Die Angst verlieh dem Verbrecher Riesenkräfte. Sekunden später tauchte seine Gestalt hinter der Kiste auf. In der Hand hielt er eine schwere Holzlatte und schrie: „Ich zertrete und erschlage jeden einzelnen zu Brei!“

Die Burggefährten sahen sich verdutzt an. Das stand nicht in ihrem Plan. Oliver Sombard sollte die Treppe zum Deck hinauf fliehen. Stattdessen bezog er hier eine Verteidigungsstellung.

„Aufpassen, Wiesel, Ajax soll auf die rechte Seite.“

„Ja“, hauchte Wiesel und schlich auf Ajax zu.

Totenstille herrschte plötzlich im Frachtraum. Der Verbrecher setzte alles auf eine Karte. Tief geduckt, die Augen fieberhaft in das Dunkel gerichtet, tappte er sich an die hintere Tür heran. Sombard wollte die Tür erreichen und in das hinterste Ende des Schiffes flüchten.

Das mußten die Burggefährten verhindern. Ajax umkreiste den Raubmörder von der rechten Seite. Wiesel von der linken. Günter deckte die hintere Tür. Wieder hob er das Sprachrohr an den Mund: „Es hat keinen Zweck, Oliver Sombard — ich stehe hier und knalle dich über den Haufen. Gib es auf — du bist umstellt!"

Totenstille. Ajax und Wiesel kauerten am Boden. Es war alles verloren, wenn der Raubmörder die Tür erreichte. Günter konnte ihn nicht halten, er war ja unbewaffnet. Ajax hob eine Kiste auf und warf sie auf den Verbrecher.

Oliver Sombard schrie auf.

Wiesel heulte beinahe vor Wut. Machtlos sah er zu, wie der Raubmörder immer näher an die Tür von Günter herankam. Er hob einen Koffer auf und schleuderte ihn auf den Verbrecher.

In diesem Augenblick schrie Günter in das Sprachrohr: „Verdammt, Leute — der Ausgang ist nicht besetzt! Dort hinauf kann Sombard entkommen! Schnell, verlegt ihm den Weg, sonst flieht er an Deck. Lauft zur Treppe an Deck!"

Mit einem Ruck warf der Verbrecher den Kopf hoch. Dann sprang er auch schon in wilden Sprüngen auf die Treppe los. Günter, Ajax und Wiesel rasten hinterher.

„Geschafft!" flüsterte Wiesel rasch. „Der Kerl läuft in die Falle!"

Oliver Sombard kletterte wie rasend die Treppe hoch. An der obersten Stufe glitt er aus und fiel zurück. Aber seine Hand erwischte noch eine Sprosse. Eine Weile baumelte er kraftlos an der Leiter. Dann jagte er wieder hinauf. Sein Ziel war das Dach. Die Burggefährten hörten sein Fluchen. Sombard strengte alle Kräfte an.

„Los!" befahl Günter. „Hinterher!"

Ajax sprang mit einem Satz gleich auf die fünfte Sprosse.

Dann jagten sie dem Fliehenden nach. Oben angekommen, sahen sie den Verbrecher plötzlich links abbiegen.

„Menschenskind", stammelte Wiesel, „der läuft auf den Turbinenraum zu!"

„Ajax", schrie Günter hastig, „zurückbleiben!"

Wiesel und Günter jagten dem Verbrecher nach. Sie sprangen von Versteck zu Versteck. Aus dem Turbinenraum kamen zwei Matrosen. Der Verbrecher blieb mit einem Ruck stehen.

„Gottseidank", flüsterte Günter. „Das war Hilfe in höchster Not."

Wiesel pfiff gellend durch die Zähne. Mit großen Sätzen jagte der Raubmörder den Gang zurück.

Ajax hörte das Signal. Sofort wußte er, was er zu tun hatte. Er mußte den Verbrecher an Deck zwingen. Ajax kauerte sich hinter eine Treppe, nahm das Sprachrohr und schrie: „Stop!"

Der Verbrecher glitt aus und fiel zu Boden. Von rückwärts hörte er verfolgende Schritte. Taumelnd richtete er sich auf und lehnte sich, neue Kraft schöpfend, an die Wand. Sein Atem ging pfeifend. Da entdeckte er die Treppe. Sie führte an Deck.

Verzweifelt kletterte Sombard die eisernen Stufen hoch. Er hatte keine Zeit, sich nach seinen Verfolgern umzusehen; er stürmte nach oben.

Günter und Wiesel rannten die Wendeltreppe empor.

Keuchend erreichten sie die Kabine der Touristenklasse. Schmale Gänge führten zu den einzelnen Kabinen. Günter blieb stehen. Er winkte seine Freunde hinter eine Tür.

Oliver Sombard sah sich um. Dann raste er die letzte Treppe hinauf.

An Deck blieb er stehen. Günter sah vorsichtig über die

letzte Sprosse. Vor ihm stand Sombard und atmete sehr schwer. Sofort nahm Günter sein Sprachrohr und schrie: „Hände hoch!"

Der Verbrecher duckte sich wie unter einem Schlag. Dann flüchtete er in Riesensätzen über das Deck.

„Wiesel links!" schrie Günter. „Ajax an den Hauptmast!"

Blitzartig verteilten sich die beiden über das Deck. Günter blieb dem Verbrecher auf den Fersen. Sombard rannte ziellos über das Deck. Er stürzte an die Reling. Wiesel schrie ihn von der linken Seite an. Sofort floh der Raubmörder nach rechts. Aber dort stand Ajax und rief: „Stop!"

Sombard schleppte sich über Deck, fiel hin, stand wieder auf und klammerte sich an den Kran. Mühsam zog er seinen Körper hinauf. Dann landete er im Boot. Dort blieb er erschöpft liegen.

„Alle Mann hierher!" befahl Günter.

Wiesel und Ajax kamen angekeucht.

„Wo ist er?" fragte Ajax.

„In der Falle", sagte Günter. „Im Boot. Los, ran an das Boot!"

Der Raubmörder lag auf den Planken und stöhnte. Wahrscheinlich hatte er sich bei dem Fall verletzt. Seine gehetzten Augen erstarrten plötzlich — drei Jungengesichter sahen über den Bootsrand auf ihn herab. Und eine helle Jungenstimme sagte plötzlich: „Der Geheimbund hat dich gestellt, Oliver Sombard! Das Spiel ist aus. Machen Sie keine falschen Bewegungen, verstanden?"

Der Verbrecher versuchte sich aufzurichten, aber es gelang ihm nicht.

„Er ist verletzt", sagte Ajax. Dann sank er ebenfalls zu Boden. „Junge", keuchte er, „ich habe keine Luft mehr."

Ihre Körper waren ausgepumpt. Günter setzte sich zu ihnen.

„Das Alarmzeichen!" sagte er. „Ajax pfeif es an Doris!"

Ajax versuchte zu pfeifen. Aber es gelang ihm einfach nicht. „Erst . . . mal . . . Luft holen", sagte er.

Sie warteten. Dann pfiff Ajax dreimal den Finkenruf.

Sie lauschten. Unterhalb der Brücke erklang ein schwacher Pfiff . . . und noch einmal.

„Sie ist es!" jubelte Günter. „Los — auf die Beine! Ajax, du bleibst am Boot zurück, als Wache. Wir laufen auf die Brücke zu!"

Sie erhoben sich.

In der Nähe der Brücke war Doris.

„Ich bin so froh!" sagte sie.

„Oliver Sombard steckt wie eine Maus in der Falle", flüsterte Wiesel.

„Nun kommt deine Aufgabe, Doris", sagte Günter. „Du mußt den Kapitän alarmieren. Bitte leuchte hierher!"

Ein kleiner Lichtstrahl fiel auf Günters Hand und auf den Zettel, den er schrieb:

Der Geheimbund hat Oliver Sombard in abenteuerlicher Jagd gestellt. Er liegt im ersten Rettungsboot des Vorderdecks. Verhaften Sie ihn dort. Bitte sofort kommen.

Der Geheimbund

„Diesen Zettel", wiederholte Günter, „schiebst du unter die Kabinentür des Kapitäns. Dann klopfst du laut dagegen. Und dann verschwindest du wie ein Blitz in deine Kabine. Morgen früh sehen wir uns wieder an Deck. Alles klar?"

„Ja", sagte Doris.

„Du darfst keinen Fehler machen", ermahnte sie Wiesel.

„Der Geheimbund kann sich auf mich verlassen!" sagte sie und ging.

Günter und Wiesel liefen zurück. Ajax stand am Rettungsboot und sah auf den Verbrecher hinunter.

Sekunden später tauchten sie im Dunkeln unter. Neben der Luke setzten sie sich nieder. Dann kletterten sie nach unten. Nur Günter blieb oben und beobachtete. Er hatte den Lukendeckel eine Handbreit angehoben.

Warten — Stille — Warten.

Von der Kommandobrücke strahlten plötzlich Scheinwerfer auf. Günter schloß geblendet die Augen. Das ganze Deck war in helles Licht getaucht.

Klapp ... klapp ... klapp ... erklangen plötzlich Matrosenstiefel über das Deck. Kommandostimmen ertönten, und dann sah Günter die Matrosen.

„Sie kommen!" berichtete er seinen Freunden hastig.

„Sie sperren das Achterdeck ab. Der Kapitän ist auch da."

„Die Matrosen haben die Rettungsboote abgesperrt ..."

„Und jetzt?" japste Ajax.

„Jetzt gehen drei Mann mit Pistolen an das erste Rettungsboot heran", berichtete Günter. „Sie sind bereits in das Boot gestiegen ... Hurra! Sie zerren Sombard an Deck!"

„Schnell — das Sprachrohr!" bat Günter hastig. „Los, macht schon, gebt mir das Sprachrohr! So beeilt euch doch, Menschenskind!"

Günter öffnete den Lukendeckel zu einem größeren Spalt. Dann hielt er das Sprachrohr vor den Mund und schrie über das Deck hinweg: „Der Geheimbund sieht und hört alles!"

Dann klappte er den Deckel zu. „Jetzt aber ab wie der

Blitz!" befahl er hastig. Ajax und Wiesel kletterten wie die Katzen hinunter.

Tiefer und tiefer verschwanden sie in das Innere des Schiffes.

Harry Baker handelt

Harry Baker saß, nur mit Hemd und kurzer Hose bekleidet, die qualmende Pfeife zwischen den Lippen, in einem Liegestuhl auf der Veranda und hielt Ausschau auf das Hoftor. Seit Tagen wunderten sich die Cowboys über ihren Chef. Er sang und pfiff den ganzen Tag, und wenn er das nicht tat, steckte er seine Nase bestimmt in die New York Times.

Von fern erklang lautes Hufgetrappel. Wiehernd begrüßten die rassigen Pferde in den Krals den schwarzen Hengst und seinen Reiter. Das Hoftor wurde weit aufgerissen, und herein galoppierte Thomas Holliday, der Verwalter.

Er sprang vom Pferd, klopfte sich den Staub aus dem Kakhianzug und stürmte auf die Veranda.

Der Farmer stand erfreut auf. „Sie sind scharf geritten, Holliday", sagte er anerkennend und schüttelte ihm die Hand. „Setzen Sie sich bitte und trinken Sie etwas bevor Sie mir berichten. Ihre Kehle ist sicher trocken wie ein alter Teppich."

Thomas Holliday ergriff das Glas und trank es in einem Zug leer. Dann ließ er sich in den Korbsessel fallen und streckte die Beine von sich.

„War ein scharfer Ritt", sagte er und dehnte die Glieder. „Hab' aber gute Nachrichten mitgebracht! Ihr Plan geht in Erfüllung, Mister Baker!"

Und dann berichtete er: „Ich ging, wie Sie mir auftrugen, zuerst in die Redaktion der größten Zeitung von Melbourne. Dort wollten die Leute meine Geschichte anfangs gar nicht glauben. Sie waren sehr erstaunt, als ich ihnen erzählte, daß es sich bei dem Geheimbund an Bord der

Queen Victoria um drei Jungen handelt, die auf unsere Farm kommen!"

„Und Sie haben den Leuten dann die ganze verzwickte Geschichte erzählt?"

„Ja", sagte der Verwalter. „Ich erzählte davon, daß Herr Fröhlich aus Eicha Ihr Vetter ist, daß er Ihnen von den Abenteuern der Burggefährten geschrieben hat und Sie sich daraufhin entschlossen haben, die fixen Kerle auf unsere Farm einzuladen."

„Richtig", bemerkte der Farmer. „Aber ehe diese verflixten deutschen Jungen erfuhren, daß sie mit der Queen Victoria nach Australien fahren sollten, waren sie verschwunden. Haben Sie den Presseleuten erzählt, daß niemand wußte, wohin sie verschwunden waren?"

Der Verwalter nickte. „Als ich den Reportern die Briefe von den Vätern aus Eicha zum Lesen gab, ging ihnen ein Licht auf. Also waren die Jungen doch auf das Schiff gekommen. Den größten Spaß machte es ihnen natürlich, daß sie ihren Leuten viel früher als die New York Times verraten können, wer sich hinter dem Geheimbund verbirgt. Und die Burggefährten werden Augen machen, wenn sie erfahren, daß eine Kabine für sie auf dem gleichen Schiff reserviert war und daß sie ein halbes Jahr lang auf der Farm bleiben können!"

„Auf ihre Gesichter freue ich mich jetzt schon", lachte der Farmer. „Und jetzt sagen Sie mir — geht mein Plan in Erfüllung?"

„Yes!" berichtete Thomas Holliday fröhlich. „Morgen schon veröffentlicht die Zeitung einen großen Bericht, in dem sie alles schildert, angefangen von der Tante in Hamburg bis zu unserer Farm. Die New York Times wird vor Neid erblassen!"

„Prächtig!“ rief der Farmer.

„Bei dem Rektor der deutschen Schule war ich auch“, berichtete der Verwalter. „Die ganze Schulklasse bildet am Hafen Spalier. Die Jungen freuen sich schon sehr auf die berühmten Burggefährten!“

Der Farmer klatschte zufrieden in die Hände. Dann schob er Thomas Holliday eine ältere Ausgabe der New York Times zu. Seine Finger deuteten auf eine Stelle. „Da — lesen Sie!“ sagte der Farmer grinsend.

Thomas Holliday las erstaunt:

> Unser Reporter Boom berichtet uns, daß das seltsame Verschwinden der Jungen im engsten Zusammenhang mit den Vorfällen an Bord steht. Ein Mann namens Harry Baker spielt eine wichtige Rolle bei der Aufklärung der Vorfälle. Bis jetzt ist unserem Reporter noch nichts über jenen geheimnisvollen Mann im Hintergrund bekannt geworden.

Thomas Holliday sah erstaunt auf.

„Dieser geheimnisvolle Mann im Hintergrund bin ich, Holliday!“ rief der Farmer und schlug sich lachend auf die Schenkel. „Nur weil ich eine Kabine für die drei Jungen bezahlt habe, nach denen sie das Schiff durchsucht haben!“

Der Verwalter lachte. „Der Reporter Boom ist ein Esel!“ rief er schallend.

Dem Farmer liefen Lachtränen über das rote Gesicht.

„Und jetzt lesen Sie mal diesen Bericht aus der New York Times. Aber halten Sie sich vorher fest. Die Jungen haben etwas ganz Tolles vollbracht. Lesen Sie, Holliday!“

Und Holliday las:

> An Bord der Queen Victoria. Die seit Tagen erwartete Sensation geschah gestern nach Mitternacht. Der Geheimbund hat den an Bord befindlichen Raub-

mörder Oliver Sombard der Schiffspolizei übergeben. Das Verhör des langgesuchten Verbrechers ergab folgenden Tatbestand: In seinem Versteck im untersten Frachtraum des Vorderdecks erschienen um Mitternacht zwei Schiffsjungen, welche nach einem Koffer der Lady Sheffield suchten. Aus ihrem Gespräch konnte der Verbrecher entnehmen, daß das Schiff seit Stunden nach ihm durchsucht wurde. Kaum waren die Schiffsjungen verschwunden, da wurde er aus dem anschließenden Frachtraum auch schon aufgefordert, sich zu ergeben. Oliver Sombard gab an, es hätten sich mindestens zwanzig Matrosen im anderen Frachtraum befunden. Sofort begann er zu fliehen. Der Fluchtweg wurde ihm aber von allen Seiten versperrt. Die einzige Möglichkeit zu entkommen, bot eine Treppe, die an Deck führte. Heute ist sich der Verbrecher darüber klar, daß er nach einem ganz bestimmten Plan an Deck gezwungen wurde. Mehrfache Versuche des Raubmörders, nach anderen Seiten auszubrechen, wurden von den ihn umzingelnden Verfolgern vereitelt. Schließlich landete er nach atemberaubender Jagd an Deck. Hier wurde er von seinen unsichtbaren Verfolgern über das Vorderdeck gehetzt, bis ihm als einzige Fluchtmöglichkeit ein Rettungsboot erschien. Ausgepumpt und am Ende seiner Kräfte brach sich der Raubmörder beim Fall in das Boot einige Rippen. Er war kampfunfähig. Aber er hoffte noch immer auf eine Chance.

Etwa um die gleiche Zeit wurde unter heftigem Anklopfen an der Kabinentür des Kapitäns ein Zettel unter die Tür geschoben. Darauf stand: Der Geheimbund hat Oliver Sombard in abenteuerlicher

Jagd gestellt! Er liegt im ersten Rettungsboot! Verhaften Sie ihn dort! Bitte sofort kommen!

Der Geheimbund

„Diese Teufelskerle!" sagte der Verwalter bewundernd. „Ich frage nur — wie konnten drei Jungen den Raubmörder in diese Falle locken? Der Reporter spricht von zwanzig Matrosen, von Umzingelung und planmäßiger Verfolgung! Zum Donnerwetter, das konnten drei Jungen doch nicht allein vollbringen!"

Der Farmer schmunzelte. „Lesen Sie weiter, Holliday. An Bord der Queen Victoria ist das Rätselraten um den Geheimbund nur noch größer geworden."

Und Holliday las mit steigender Spannung über die weiteren Geschehnisse:

Sekunden später heulten die Alarmsirenen des Schiffes auf. Sie wurden von unbekannter Hand ausgelöst. An Bord brach ein Tumult aus. Sofortige Absperrmaßnahmen der Matrosen verhinderten eine Panik. Der Kapitän konnte mit einigen Matrosen nach Angaben des geheimnisvollen Zettels den Verbrecher Oliver Sombard im ersten Rettungsboot verhaften. In diesem Augenblick ertönte eine Stimme über Bord. Der Geheimbund sieht und hört alles! Leider konnte der rätselhafte Sprecher nicht ausfindig gemacht werden.

Unser Reporter Boom erfährt nachträglich, daß der Verbrecher seine Verfolger nicht zu Gesicht bekommen hat. Zwei Matrosen aus dem Turbinenraum wollen drei Schiffsjungen gesehen haben, die den Raubmörder verfolgten. Wie die Untersuchung ergab, gibt es keinen Koffer der Lady Sheffield im Frachtraum. Auch war niemand an Bord an der Verfolgung beteiligt. Von den Schiffsjungen will keiner im Frachtraum gewesen sein. Die gesamte Besatzung und die Passagiere stehen vor einem Wunder.

Rätsel über Rätsel. An Bord vermutet man, daß sich hinter dem Geheimbund eine große Anzahl von Mitgliedern verbirgt. Das Rätsel der drei Schiffsjungen wurde bis jetzt nicht gelöst. Das Geheimnis ist noch größer geworden.

Thomas Holliday knallte die Zeitung auf den Tisch. „Das ist ja eine verwegene Sache!" rief er. Er sprang auf und drückte seinen breitrandigen Hut in die Stirn. „Ich reite nochmals in die Stadt zurück", rief er. „Diese Zeitungsmeldung muß sofort in die Redaktion!"

„Nehmen Sie das beste Pferd", stimmte der Farmer zu. „Guten Ritt, Holliday!"

Minuten später galoppierte der Verwalter zum Hoftor hinaus.

In den nächsten Tagen rüstete sich die Farm zum Empfang der drei Jungen.

... allen ehrlichen Leuten zu helfen

Die Queen Victoria stampfte der Küste Australiens zu.

„Schiff volle Kraft voraus!" befahl der Kapitän.

Die Burggefährten verspürten nichts von den warmen Sonnenstrahlen, sie sahen weder blauen Himmel noch grünes, endloses Wasser. Zusammen mit Doris saßen sie in der Kleiderkammer und berieten neue Pläne. Ajax ließ sich eine saftige Ananas schmecken. Wiesel lag auf dem Rücken und trank die köstliche Milch einer Kokosnuß aus.

„Meine Sparbüchse ist bald leer", sagte Doris. „Jedesmal, wenn ich für euch Lebensmittel kaufe, macht der Verkäufer große Augen."

Sie lachten. Günter lag auf dem Bauch und rückte die Brille auf der Nase. „Ich denke, daß uns der Kapitän in Ruhe läßt, nachdem Doris gestern einen neuen Zettel unter seine Tür geschoben hat."

„Das war eine gute Idee von dir", lobte Ajax. Er kniete sich auf und sagte noch einmal, was auf dem Zettel gestanden hatte: „Der Geheimbund bittet Sie, von jeglichen Nachforschungen abzusehen. Wir versprechen Ihnen, uns bei Ankunft des Schiffes in Melbourne vorzustellen. Wir sind ehrliche Menschen und helfen nur dem Recht. Das ist unser Ziel. Der Geheimbund."

Er setzte sich wieder und langte nach einer Banane. „Der Kapitän muß allmählich explodieren, wenn er so oft die Zettel in seiner Kabine findet. Ganz bestimmt kann er nachts nicht mehr schlafen."

„Der Geheimbund spukt in allen Köpfen", sagte Wiesel stolz.

Günter lag noch immer auf dem Bauch und pendelte mit den Füßen in der Luft.

„Was machst du denn, Doktor?" fragte Doris.

„Ich denke", antwortete Günter.

„Hoppla!" sagte Ajax und ließ das Kauen sein. „Ich bitte um Ruhe: unser Doktor denkt!"

Günter legte sich auf den Rücken und sah seine Freunde an. „Bisher haben wir nur einen Teil unseres Schwures erfüllt", sagte er. „Nun müssen wir den anderen Teil erfüllen — einem ehrlichen Menschen helfen. Denkt mal darüber nach."

Doris machte nach einer Pause den ersten Vorschlag:

„Ich bin dafür, daß wir einem armen, verzweifelten Menschen helfen."

„Habt ihr Grünschnäbel denn keine Einfälle?" fragte Günter.

„Wa-was?" stotterte Ajax. „Grün-Grünschnäbel?"

Doris sah gespannt auf den Doktor. „Hast du schon einen Plan, wie wir einem armen Menschen helfen könnten?"

„Ja", sagte Günter. „Wenn der Geheimbund alle Fahrgäste um Spenden für einen armen verzweifelten Menschen bittet, werden bestimmt große Beträge gestiftet."

„Fein!" jubelte Doris auf. „Das ist eine Idee!"

Sie setzten sich zusammen und besprachen den neuen Plan. Doris erzählte ihnen eine Menge vom Schiff. Es gab reiche und arme Leute an Bord. Die Armen fuhren in der Zwischendeckklasse. Dort gab es keine Stewards und keine Schiffsjungen. Die Passagiere schliefen in großen Räumen und aßen an langen Tischen. Doris' Eltern hatten ihr verboten, in die Zwischendeckklasse zu gehen. Aber Doris war schon mehrmals dort gewesen. Einen Jungen mit Namen Olaf kannte sie. Er trug immer dieselben Schuhe und denselben Anzug, hatte ein blasses Gesicht und große blaue Augen.

„Wir gehen in die Zwischendecksklasse", entschied Günter und stand auf. „Wir ziehen unsere Schiffsjungenanzüge an. Wenn kein Steward dort ist, werden wir auch nicht entdeckt. Im anderen Falle haben wir flinke Beine und kennen das Schiff gut. Klar? Macht keine Fehler, und alles wird prima gehen."

„Also los!" sagte Doris und schritt voran. „Der kleine Olaf wird Augen machen, wenn er eure schönen weißen Kleider sieht!"

Sie kletterten die Treppe hinauf, die an Deck führte. Bald betraten sie das Zwischendeck.

Die Passagiere sahen ärmer aus als die auf dem Mitteldeck. Doris zeigte auf einen kleinen Jungen, der an der Reling stand. „Das ist Olaf", flüsterte sie.

Doris berührte den Arm des Jungen. Olaf wandte sich um und erkannte das Mädchen.

„Guten Tag, Doris!" rief Olaf freudig.

„Ich habe dir ein paar Freunde mitgebracht", sagte Doris. „Sie sprechen deutsch wie du."

„Woher bist du denn?" fragte Günter und sah aufmerksam in das blasse Gesicht.

„Aus Berlin", sagte Olaf. „Mutter und ich wandern nach Australien aus. Ich kann schon ein bißchen englisch. Mutter wird schon Arbeit in einer Fabrik finden."

„Wo ist denn deine Mutter?" fragte Günter.

„Sie ist seit ein paar Tagen krank", antwortete Olaf. „Es geht ihr nicht gut."

„Dürfen wir einmal zu ihr gehen?" bat Doris.

„Bitte", sagte der Kleine und schritt voraus.

Olafs Mutter lag in einem großen Schlafsaal. Ihr blasses Gesicht schaute aus dem Kopfkissen.

„Das sind meine Freunde", sagte Olaf und wies auf die Burggefährten. „Und das ist Doris, die uns so oft Obst geschenkt hat."

Die Frau ergriff Doris' Hand. „Ich dank' dir schön", sagte sie.

„Aber Sie haben ja Fieber!" rief Doris.

Olafs Mutter lächelte. „Das ist nicht so schlimm", sagte sie. „Ich vertrage nur die Seereise nicht."

„Haben Sie", fragte Wiesel schüchtern, „haben Sie keinen Mann?"

„Vater ist tot!“ antwortete Olaf. „Das ist schon lange her.“

Ajax würgte und schluckte. „Sind Sie ... sind Sie ... sehr arm?“

Die Frau lächelte. „Nein“, sagte sie und strich Olaf zärtlich über das Haar. „Ich habe ja meinen Jungen.“

„Ich meine“, sagte Ajax verlegen, „haben Sie Geld?“

„Aber nein“, sagte Olaf. „Uns gehört nicht viel. Und die Schiffsreise ist auch nicht bezahlt. Die müssen wir in Australien abverdienen.“

„Hilft Ihnen niemand?“ fragte Günter.

„Doch“, sagte die kranke Frau und sah ihren Jungen zärtlich an, „Olaf! Er bringt mir das Essen, legt kalte Umschläge auf meine Stirn und hilft mir, wieder gesund zu werden.“

„Sie werden bald wieder gesund sein“, sagte Günter. Er sah seine Freunde an. „Wir wünschen gute Besserung.“

„Dürfen wir Sie wieder besuchen?“ fragte Doris.

„Aber ja“, sagte Olafs Mutter herzlich. „Gerne. Und schönen Dank für euren Besuch!“

Sie machten kehrt und liefen zum Schlafsaal hinaus. An der Tür verabschiedeten sie sich von Olaf. „Kommt bald wieder“, sagte der Junge zum Abschied. „Und wenn ihr einen Doktor für Mutter finden könnt, schickt ihn bitte. Aber wir haben kein Geld.“

„Der Doktor wird kommen“, versprach Günter. „Wie heißt du denn mit vollem Namen?“

„Olaf Winter“, sagte der Junge. Sie schüttelten sich herzlich die Hände.

„Wir beraten in unserem Versteck“, sagte Günter. „Der Geheimbund wird Frau Winter helfen. Einverstanden?“

„Einverstanden!“ stimmten alle zu.

Der nächste Morgen bot eine neue Überraschung für die Passagiere der 1. Klasse. Mister Brown sah eine Gruppe Menschen vor der Kabinentür der Gräfin Sokowski stehen. Neugierig trat er heran und sah über die Köpfe der dichtgedrängten Menge hinweg.

Ein großes, weißes Plakat hing an der Tür der Gräfin. Mister Brown stellte sich auf die Zehenspitzen.

AN ALLE PASSAGIERE DER QUEEN VICTORIA!

Der Geheimbund hilft allen ehrlichen Menschen und bestraft die unehrlichen. Die unehrlichen sind bestraft worden. Gräfin Sokowski hat ihren Schmuck zurückerhalten, und der Verbrecher Oliver Sombard wurde der gerechten Strafe zugeführt. Vielleicht hat der Geheimbund manchem damit das Leben gerettet.

Der Geheimbund kennt eine arme, kranke Frau in der Zwischendecksklasse. Sie heißt Winter. Bitte helfen Sie dieser Frau und ihrem Sohn Olaf. Der Geheimbund würde sich freuen, wenn Sie diesen Auswanderern durch Geld- oder Sachspenden ein neues, glückliches Leben ermöglichten.

Der Geheimbund dankt allen Passagieren. Wir hören und sehen alles!

DER GEHEIMBUND

„Donnerwetter!" entfuhr es Mister Brown. „Mir verschlägt es die Stimme!"

„Haben Sie gelesen?" rief Signora Evita mit aufgeregter Stimme.

Der berühmte spanische Stierkämpfer Señor Madeira nickte lebhaft. „Rätsel über Rätsel!" rief er überrascht. „Nun ruft dieser Geheimbund zur Hilfe auf. Caracho — wer steckt dahinter?"

„Der Geheimbund hat mir meinen kostbaren Schmuck

zurückgebracht!" rief Gräfin Sokowski. „Als erste stifte ich vierhundert Dollar für jene arme, kranke Frau Winter."

Mister Maker, ein amerikanischer Millionär, wollte nicht nachstehen. „Ich spendiere ebenfalls eine große Summe!"

In Windeseile ging die Nachricht durch das Schiff, daß der Geheimbund einer armen, kranken Frau helfen wolle. Reporter Boom kam wie der Blitz angerast und fotografierte das Plakat. Dann sauste er in das Zwischendeck und interviewte die völlig überraschte Frau Winter.

„Haben Sie denn keine Ahnung, weshalb der Geheimbund Ihnen helfen will?" fragte der Reporter erregt.

Frau Winter verneinte. Über Nacht sprachen plötzlich alle Leute von ihr.

Der Kapitän lief mit großen Schritten auf die Kabine zu. „Donner und Doria!" rief er seinem 1. Offizier zu. „Man fällt von einer Überraschung in die andere. Nein, Ideen hat dieser Geheimbund!"

In allen Kabinen flüsterte man sich zu: „Haben Sie schon gehört? Der Geheimbund bittet um Hilfe."

„Der spanische Gesandte hat zum Dank für die guten Taten des Geheimbundes eine ansehnliche Geldsumme gestiftet."

„Lady Pabsch hat alle Passagiere um Spenden gebeten. Sie sammelt persönlich."

„Der deutsche Arzt Dr. Müller behandelt Frau Winter kostenlos."

„Olaf und die Flüchtlingsfrau werden ein besseres Leben führen können."

Und wieder spukte die Frage in den Köpfen der Passagiere: Wer steckt hinter dem Geheimbund?

„Meine Damen und Herren!" sprach Señor Madeira im Clubraum der 1. Klasse zu den versammelten Passagieren. „Wenn wir auch nicht wissen, wer sich hinter dem Geheimbund verbirgt, so wissen wir doch das eine, daß ehrenwerte, achtbare Leute dahinterstecken. Vielleicht befinden sich einige Mitglieder sogar unter uns."

Reporter Boom lächelte. Er wußte es besser. Aber er schwieg. Seiner Zeitung hatte er einen langen Bericht über die neuesten Vorfälle an Bord gefunkt. Auf der ganzen Welt verfolgte man mit steigender Spannung die Abenteuer an Bord des Schiffes.

Señor Madeira fuhr in seiner Rede fort: „Baronin von Hallerstein hat ein Hilfskomitee für Frau Winter und ihren Jungen gegründet. Es sind viele Sachspenden eingegangen. Unser wärmster Dank gilt allen Passagieren, die mit Rat und Tat geholfen haben. In einem Brief an den Kapitän hat der Geheimbund versprochen, bei Ankunft des Schiffes in Melbourne die Maske zu lüften. Es sind nur noch zwei Tage bis dahin. Wir wollen uns also gedulden. Einige Schiffsgäste werden nun mit dem 1. Offizier zu Frau Winter gehen und ihr die gestifteten Geschenke überbringen. Ich danke nochmals im Namen aller Passagiere!"

Er gab vier Schiffsjungen einen Wink.

Doris reckte den Hals. Sie kletterte auf den Stuhl und sah zu, wie vier Schiffsjungen zwei große Körbe hochhoben. Viele Geschenke befanden sich darin. Señor Madeira schritt voran, dann folgten die anderen Passagiere mit den Jungen. Frau Winter saß in einem Liegestuhl an Deck. Verwundert sah sie die vielen Fahrgäste auf sich zukommen. Sie erkannte Reporter Boom und Dr. Müller. Olafs Augen wurden immer größer. Vier Schiffsjungen stellten vier große Körbe vor sie hin. Überrascht und sprachlos erhob sich Frau Winter. Sie starrte auf die Körbe, dann auf die fremden Menschen. Was wollten die?

„Im Namen aller Passagiere", sagte Baronin von Hallerstein, „und im Auftrage des Geheimbundes haben wir diese Geschenke für Sie gesammelt. Sie gehören Ihnen, liebe Frau Winter, und werden Ihrer Not ein Ende machen."

Olaf stand wie verwurzelt und starrte auf die Körbe mit den vielen, schönen Sachen. Frau Winter wollte etwas sagen. Aber die Rührung schnürte ihre Kehle zu. Tränen liefen aus ihren Augen. Dankbarkeit und Freude erfüllten ihr Herz.

Lord Halifax gab der Flüchtlingsfrau die Hand. „Hier", sagte er und überreichte ihr einen Scheck. „Das ist eine Geldspende aller Passagiere. Der Scheck lautet auf 1500 Pfund."

„Ich ... ich ... danke ... Ihnen", stammelte sie unter Tränen.

Unbeobachtet von allen Passagieren lehnte ein Schiffsjunge an der Reling. Er trug eine Nickelbrille auf der Nase und zwinkerte heimlich einem Mädchen mit blauen Augen und blonden Haaren zu, das unter den Passagieren stand. Es war Günter, der auf leisen Sohlen und mit zufriedenem Gesicht davonschlich ...

Neuen Abenteuern entgegen

Die Queen Victoria befand sich bereits in den Hoheitsgewässern Australiens.

Mit schneller Geschwindigkeit und hellem Sirenenton kam ein kleines Motorboot längsseit. Der Kapitän befahl, die Strickleiter abzuwerfen.

Katzengewandt kletterte der Lotse an Bord und übernahm das Schiffsruder. Der Steuermann erstattete dem Kapitän Meldung: „In einer Stunde sind wir im Hafen."

„Danke", erwiderte der Kapitän und legte die Hand an die Mütze. Dann rief er in das Sprachrohr: „Schiff halbe Kraft voraus! Mannschaft fertig machen zur Landung. Alle Offiziere auf die Kommandobrücke!"

Während Kapitän, Schiffsoffiziere und Mannschaft die ersten Anstalten zur Landung trafen, war im Salon der first class eine auserlesene Gesellschaft versammelt.

Reporter Boom stand auf dem Podest und sprach weiter:

„Der Geheimbund hat das ganze Schiff während seiner Überfahrt beschäftigt. Alle haben versucht, des Rätsels Lösung zu finden."

„Da kann nur Scotland Yard dahinterstecken!" rief Mister Brown.

„Ich glaube kaum", warf der Schiffsdetektiv ein. „Die Verbrecher müssen einen Verräter unter sich haben. Der ganze Geheimbund ist ein Unsinn."

Der Reporter lächelte.

„Sehr wahrscheinlich danke ich dem Geheimbund mein Leben", sagte die Millionärin Signora Evita. „Oliver Sombard ist — wie sich herausgestellt hat — ein langgesuchter Raubmörder. Ich werde dem Geheimbund hundert Pfund schenken!"

„Und ich", rief der spanische Stierkämpfer Madeira, „ich lade den Geheimbund nach Spanien ein. Er kann kostenlos jeden Stierkampf besuchen!"

„Und ich gewinne meine Wette", behauptete der italienische Filmregisseur, „daß der Schiffsdetektiv dahinter steckt."

„Ich allein weiß, wer sich hinter dem Geheimbund verbirgt!" rief Boom.

Die Fahrgäste drängten sich um das Podest. Erwartungsvoll sahen sie auf Mister Boom.

„Machen Sie keine Witze!" warnte der Detektiv.

„Ich und Witze machen?" verteidigte sich der Reporter mit lauter Stimme. „Was dem Schiffsdetektiv nicht gelungen ist, habe ich vollbracht. Ich habe den Geheimbund entdeckt!"

Das erregte Stimmengewirr der Gesellschaft verstärkte sich. Mister Boom hob die Hand. Sofort war es still.

„Der Geheimbund besteht aus drei Jungen!" rief Boom.

Kaum hatte er geendet, als der Detektiv in ein unbändiges Lachen ausbrach. „Hahaha!" schrie er und klatschte sich auf die Schenkel. „Seit wann können Jungen Verbrecher überführen? Sie sind wohl nicht ganz richtig im Kopf?"

Die ganze Gesellschaft lachte. Mitleidig sahen sie dann auf den blassen Reporter. Nein — Jungen waren das nie gewesen.

„Gehen wir", sagte Mister Brown zu seiner Frau. „Dieser Reporter ist ein Dummkopf. Ich behaupte, daß Scotland Yard dahintersteckt."

Sie verließen die aufgeregten Menschen im Salon und betraten ihre Kabine. Suchend sah sich Frau Brown nach dem Mädchen um.

„Doris", rief die Mutter laut, „wo steckst du?"

Alles blieb still. „Vor einer Stunde war sie noch hier gewesen", erklärte Frau Brown. „Sicher ist sie wieder an Deck gelaufen. Bitte hol sie gleich. Wir müssen die Koffer packen."

„Auch das noch", ächzte Mister Brown. „Ich möchte nur

wissen, wo sich meine Tochter immer herumtreibt. Niemals ist sie da!"

Während die Eltern auf die Rückkehr ihres Töchterchens warteten, saß Doris mit den drei Jungen im Halbkreis am Boden der Kleiderkammer.

Ajax starrte traurig zu Boden. Wiesel putzte die goldenen Knöpfe an seinem Jackett und Günter rückte an seiner Brille. „In wenigen Stunden ist unsere Schiffsreise zu Ende", sagte er. „Wir müssen an Bord gehen und uns beim Kapitän melden. Schade, daß wir uns trennen müssen, Doris."

Doris blickte weg. Der Abschied tat ihr weh. „Wir schreiben uns oft", sagte sie leise. „Jede Woche einen Brief."

„Ja", sagte Ajax. „Jede Woche und immer acht Seiten."

Wiesel sah sich in ihrem Versteck um. „Die Kleiderkammer werde ich nie vergessen!"

Günter machte der bedrückten Stimmung ein Ende. Er stand auf und glättete seinen Rock. „Kommt", sagte er, „wir gehen an Deck und melden uns beim Kapitän. Der wird Augen machen so groß wie Kuchenteller!"

Sie erhoben sich und standen unsicher herum.

„Ich war noch nie in einem Kohlenbunker", sagte Doris. „Bevor wir an Deck gehen, machen wir einen Besuch bei den Matrosen. Einverstanden?"

„Ja", sagte Wiesel. „Unsere Schiffsjungenanzüge behalten wir aber an. Zum Andenken. Sonst glauben uns die Fischergässer am Ende nicht."

Ajax stolperte, die Hände in den Hosentaschen, zur Tür hinaus. „Jetzt müßte das Schiff zum Südpol fahren", sagte er. „Das wäre mir am liebsten."

Seit Stunden sahen die Passagiere Land. Die Queen Victoria fuhr an der australischen Küste entlang. Sicher steuerte der Lotse das Schiff. Señor Madeira unterhielt sich mit dem Kapitän.

„Nun bin ich neugierig, wann der Geheimbund seine Maske fallen läßt. Er versprach es Ihnen doch, nicht wahr?"

„Ich platze bald vor Neugierde", gestand der Kapitän. „Focksegel und Deckmast — die Kerle werden doch ihr Versprechen halten?!"

Reporter Boom sah wie ein Luchs über das Deck. Die schußbereite Kamera hielt er seit Stunden in der Hand.

„Hallo!" rief Signora Evita. „Glauben Sie noch immer daran, daß drei Buben hinter dem Geheimbund stecken?"

„Ich versichere es!" schrie der Reporter.

Mister Brown tippte sich an die Stirn. „Dieser Reporter ist der größte Esel auf der Welt .Drei Jungen — hahaha!" Er lachte schallend. Dann sah er sich wieder suchend um. „Wo nur Doris stecken mag?"

Frau Winter, gesund und fröhlich, erwartete ebenfalls den Geheimbund. Sie hatte ihm so viel zu danken!

Die Spannung an Bord wuchs von Minute zu Minute. An Deck versammelten sich die Passagiere. Alle warteten darauf, daß das Rätsel gelöst werde. Atemlose Spannung lag über der Queen Victoria.

Ajax rümpfte die Nase. „Riecht ihr es?" fragte er und blieb stehen.

Wiesel schnupperte. „Ja!" rief er plötzlich. „Es riecht nach Brand!"

Günter blieb mit einem Ruck stehen. Doris sah erschrokken in sein verändertes Gesicht. Tief zog Günter die Luft in die Lunge.

„Irgendwo brennt es!" rief er.

„Der Rauch kommt von dort!" schrie Ajax.

Wiesel durchfuhr es wie ein elektrischer Schlag. „Aber", stammelte er, „dort ... liegen ... die ... Kohlenbunker!"

Der Brandgeruch verstärkte sich. Günter sah scharf den Gang entlang. Aus der Ritze einer Stahltür quoll gelber Rauch.

„Das Schiff brennt!" schrie er plötzlich. „Los — rennt!"

Sie stürmten den Gang entlang. Doris stolperte und Ajax fing sie gerade noch auf. Wiesel war als erste an der Tür. Er kurbelte wie besessen an der Scheibe. Mit einem Ruck sprang die Stahltür auf.

„Zurück!" schrie Günter und fuhr taumelnd an die Wand.

Ajax riß Doris am Arm zurück. Gelbe, schweflige Rauchschwaden quollen aus der Tür. Doris hielt ein Taschentuch vor die Nase. Der Rauch erstickte sie beinahe. Schmerzend drang der Qualm in ihre Augen.

„Der Kohlenbunker glimmt!" stammelte Ajax erschrokken. „Die Tür zu!"

Wiesel sprang durch den Qualm und drehte die Scheibe zurück. Er hustete und rang nach Luft. Ajax kam ihm zu Hilfe. Langsam schloß sich die schwere Stahltür. Wiesel lehnte sich erschöpft gegen die Wand. Tränen liefen ihm aus den Augen. Ajax hielt sich den Mund zu.

Günter riß sie hoch: „Parole Burggefährten!"

Sie hetzten zurück. Katzengewandt erkletterten sie die vielen Stufen. Ihre Gesichter waren rußverschwärzt. Ajax half Doris beim Klettern. Die Luft wurde immer stickiger und raubte ihnen den Atem.

Die Gefahr verdoppelte ihre Geschwindigkeit. Erstaunt fuhren Matrosen und Passagiere in den Kabinengängen zurück, als drei Jungen und ein Mädchen rußverschwärzt an ihnen vorbeistürmten.

„Schneller!" hetzte Wiesel. „So rennt doch!"

41
42
43

Atemlos erreichten sie das Deck. Hunderte von Passagieren versperrten ihnen den Weg.

„Platz machen!" rief Günter kräftig. „Der Geheimbund kommt angelaufen!"

Im Nu bildeten die Passagiere eine Gasse. Gespannt sahen sie zurück. Währenddessen rannten die Burggefährten auf die Kommandobrücke los. Keuchend erreichte Wiesel die ersten Stufen.

Der Kapitän rieb sich die Augen.

„Heiliger Klabautermann!" schrie er. „Was kommt denn da für ein sonderbarer Aufzug auf meine Brücke?"

Hastig sprangen sie die Stufen hinauf. Günter landete als erster vor dem Kapitän. Er keuchte und schnaufte. Schweiß lief ihm von der Stirn herunter und verschmierte sein Gesicht.

„Kapitän", keuchte er und klammerte sich an die Reling, „im Kohlenbunker ... ist Feuer ausgebrochen!"

Ajax, Wiesel und Doris landeten mit letzter Anstrengung vor dem Kapitän.

„Schnell", sagte Günter atemlos und rang nach Luft, „die Kohlen ... glimmen ... schon!"

„Alarm!"

Der Kapitän fuhr mit einem Ruck herum und lief zur Befehlsstelle. Seine Befehle überstürzten sich:

„Feuer im Kohlenbunker ausgebrochen ... sofort löschen ... alle Mann unter Deck ... verbleibe hier auf der Brücke und erwarte Meldung!"

Der zweite Offizier vernahm den Befehl des Kapitäns durch den Bordlautsprecher. Er löste das Alarmsignal für die Bordfeuerwehr aus und schrie in den Lautsprecher: „Alle verfügbaren Leute in die Kohlenbunker zum Löschen ... Feueralarm!"

Der 3. Offizier saß im Waschraum. Plötzlich erklangen das Alarmsignal und die Befehle des 2. Offiziers. Wie von der Nadel gestochen, fuhr er vom Stuhl auf. Hastig wählte er an der Telefonscheibe und schrie hinein: „Brand mittschiffs ... alle Mann in die Kohlenbunker!"

Unbemerkt von den wartenden Passagieren an Deck bekämpften Sekunden später die Matrosen den Brand. Der 1. Offizier leitete die Löschversuche. Unaufhörlich prasselten Wasserstrahlen aus den herbeigeschafften Schläuchen in den Kohlenbunker.

„Wir haben Glück", sagte der Brandmeister aufatmend, „nur in diesem Bunker brennt die Kohle. In einer halben Stunde ist der Brand gelöscht."

Der 1. Offizier meldete kurz darauf dem Kapitän. „Schiff außer Gefahr — Brand wird in einer halben Stunde gelöscht sein!"

Der Kapitän atmete auf. Seine erregten Nerven entspannten sich. Langsam lösten sich die verkrampften Finger von der Reling. Nun wischte er sich die Schweißperlen von der Stirn. „Das war ein Schreck", stammelte er. „Sagen Sie — was ist die Brandursache?"

„Zu große Hitze im Kohlenbunker, Herr Kapitän. Die Entlüftungsanlage hat nicht funktioniert."

„Danke", sagte der Kapitän und tippte grüßend an die Mütze. Der 1. Offizier eilte wieder unter Deck.

Der Kapitän seufzte tief auf. Endlich wandte er sich an die Jungen und das Mädchen. Sie standen schweigend und verloren auf der Kommandobrücke.

„Ich danke euch", sagte der Kapitän und drückte jedem einzelnen die Hand. „Ihr habt das Schiff vor einem großen Unglück bewahrt. Ohne eure Entdeckung hätte es einen Schiffsbrand gegeben."

Die Burggefährten sahen auf ihre Zehenspitzen.

„Ihr sollt eine Belohnung für eure gute Tat haben. Aber zuvor sagt mir, wie ihr in den Kohlenbunker gekommen seid?"

Günter deutete auf Doris. „Sie wollte einmal einen solchen Bunker sehen. Dabei entdeckten wir den Brand."

Der Kapitän strich lobend über ihre Köpfe. „Und ihr seid sofort zu mir gerannt und habt mir das gemeldet. Es war klug von euch, daß ihr den Passagieren nichts gesagt habt. Es wäre vielleicht eine Panik ausgebrochen. Ihr seid fabelhafte Schiffsjungen!"

Ajax wunderte sich über die vielen Leute. Er trat an die Reling und fragte den Kapitän: „Worauf warten denn die?"

„Auf den Geheimbund", sagte der Kapitän und staunte, daß ein Schiffsjunge deutsch sprach.

„Auf ... den ... Geheimbund?" stotterte Wiesel. „So viele?"

Der Kapitän nickte. Ihm fiel ein Gedanke ein, und er mußte plötzlich lachen. „Ein Wunder, daß ihr und nicht der Geheimbund den Brand entdeckt habt. Zum erstenmal geschieht etwas an Bord, und der Geheimbund steckt nicht dahinter!"

Doris mußte plötzlich lächeln. Günter rückte die Brille auf seiner Nase und sagte laut: „Wir sind keine Schiffsjungen!"

„Wie bitte?" fragte der Kapitän verblüfft und sah auf die Schiffsjungenkleider herunter. „Keine Schiffsjungen?"

Ajax hatte plötzlich eine Idee. Er winkte Günter zu schweigen und stellte sich vor den Kapitän hin.

„Herr Kapitän", sagte Ajax mit einem lustigen Funkeln in den Augen. „Darf ich mal das Sprachrohr nehmen?"

„Wozu?" fragte der Kapitän erstaunt. Das veränderte Gebaren verwunderte ihn langsam. Was war mit den Jungen los? Wiesel nahm einfach das Sprachrohr und übergab es Ajax.

„Halten Sie sich fest", riet Ajax und begann zu grinsen. Er verbeugte sich tief und stellte dann vor: „Ich heiße Ajax Hümmer und bin aus Eicha."

„Wa-was?" entfuhr es dem Kapitän.

Günter winkte mit der Hand. „Günter Fröhlich! — „Wiesel Karsten!" — „Doris Brown!"

Der Kapitän starrte sprachlos auf drei lachende Jungengesichter. „N-nein", stotterte er, „n-nein! Das ist ausgeschlossen! Donner und Doria!" Seine Augen quollen ihm über. „Brahmsegel und Fockmast", würgte er hervor, „Taifun und Orkan — das gibt es nicht!"

„Wir sind in Hamburg auf dem Schiff eingeschlossen worden", rief Wiesel. „Und wissen Sie, wer der rätselhafte Geheimbund ist? Er steht . . ."

„Stop!" rief Günter plötzlich. Er sprang zu Ajax und nahm ihm das Sprachrohr aus der Hand. Dann hielt er es gegen die Passagiere und brüllte auf englisch hinein:

„Achtung — Achtung! An alle Passagiere!"

Alle Köpfe wandten sich um und sahen auf die Kommandobrücke. Günter hielt wieder das Sprachrohr an den Mund: „Wir haben dem Kapitän versprochen, das Rätsel des Geheimbundes zu lösen. Wir lösen unser Versprechen jetzt ein!"

Ein Aufschrei erklang plötzlich aus der Menge. Er kam von Reporter Boom, der plötzlich auf die Kommandobrücke losraste und die Treppe hinaufstürmte. Hastig hielt er die Kamera vor das Auge und knipste wie besessen die Jungen und das Mädchen.

Und Günter rief: „Hier steht der Geheimbund ‚Die Burggefährten'. Ajax Hümmer —" Ajax trat vor und hob die Hand, „Wiesel Karsten—" Wiesel lachte auf das Deck hinunter, „Doris Brown —" Doris machte einen Knicks.

„Alle guten Geister!" schrie Mister Brown aus der Menge. „Das Mädchen auf der Brücke ist doch meine Tochter!"

Er zwängte sich durch die Passagiere auf die Kommandobrücke zu. Eine Weile herrschte atemloses Schweigen. Entgeistert starrten sie zur Brücke hinauf. Gräfin Sokowski rief plötzlich: „Dieser Junge mit der Brille hat mir den Brief überbracht!"

Frau Winter stammelte überrascht: „Die drei Jungen und Doris haben mich am Krankenbett besucht!"

Günter rief ein zweitesmal über Deck: „Der Geheimbund sieht und hört alles — hier steht der Geheimbund!"

„Doris", schrie Mister Brown über alle Köpfe hinweg, „stimmt das?"

„Ja!" rief Doris mit heller Stimme. „Wir sind der Geheimbund!"

Mister Brown wurden die Knie schwach. Es begann eine wilde Jagd auf die Kommandobrücke. Jeder wollte zuerst die Stufen erreichen.

Der verblüffte Kapitän fand seine Sprache wieder.

„Meine Damen und Herren! Bitte versammeln Sie sich im großen Saal des Schiffes. Dort werden die Jungen und das Mädchen ihre unglaubliche Geschichte erzählen ... Versammeln Sie sich bitte im großen Saal des Schiffes. Ich verspreche Ihnen ..."

„Es lebe der Geheimbund!" schrie Doris und winkte ihrem Vater zu, der vergeblich versuchte, die Kommandobrücke zu erreichen.

Alles flutete in den großen Saal.

„Taifun und Orkan", stotterte der Kapitän. „Diese vier haben wochenlang das Schiff und die Zeitungen in Atem gehalten? Ich muß mich setzen. Fockmast und Brahmsegel! Diese vier sollen der Geheimbund sein?"

„Einen Augenblick!" rief der Reporter Boom und kletterte auf die andere Seite. Blitz — flammte seine Kamera auf. „Danke sehr. Bitte lächeln!" Blitz!

Günter holte tief Luft und sagte dann laut: „Der Geheimbund hat seine Tätigkeit an Bord der Queen Victoria beendet. Die Zettel haben wir geschrieben. Doris hat sie unter die Kabinentüren geschoben und uns mit Nahrungsmitteln versorgt. Unsere Taten haben wir ganz allein vollbracht. Unser Versteck war die Kleiderkammer. Die Schiffsjungenanzüge haben wir daraus entliehen. Und jetzt bringen Sie uns bitte wieder nach Hamburg zurück."

Der Kapitän vergaß zu atmen. Auch der 1. Offizier schnappte nach Luft. Aber erst im großen Schiffssaal erfuhren sie und die Passagiere die wahre Gesichte des Geheimbundes.

Ajax führte das große Wort. Er stand auf einem Pult und berichtete. Dolmetscher übersetzten seine lange Rede. Der Kapitän mußte leider an Deck. Die Queen Victoria lief in den Hafen von Melbourne ein.

Gräfin Sokowski schloß Günter in die Arme. Sie versprach dem Geheimbund tausend Mark. Frau Winter und Olaf umarmten Ajax stumm und dankbar.

Der Detektiv saß kopfschüttelnd in der Ecke und kratzte sich am Kopf. „Solche verflixten Jungen!" murmelte er. „Und ein Mädchen war auch noch dabei!"

Reporter Boom lachte zufrieden. Er hatte seine Wette gewonnen. Achtungsvoll grüßten ihn die Passagiere. Das hätten sie nicht gedacht.

Auf der Kommandobrücke erteilte der Kapitän die letzten Befehle. „Donner und Doria!" entfuhr es ihm. „Mac Donald — sehen Sie mal zur Kaimauer hinüber! Dort stehen ja viele Menschen!"

Langsam fuhr das Riesenschiff an die Hafenmole heran. Der 1. Offizier bemerkte weiße Transparente. Kopfschüttelnd las er die Aufschriften:

Herzliches Willkommen dem Geheimbund!

Der Kapitän geriet aus dem Häuschen. „Hier geht es

nicht mit rechten Dingen zu! Die Leute am Hafen können doch gar nicht wissen, daß wir den Geheimbund an Bord haben. Vor einer halben Stunde wurde er doch erst entdeckt!"

Reporter Boom starrte auf die Transparente. Dazu aber machte er ein Gesicht wie ein Karpfen auf dem Trocknen.

Minuten später legte der Luxusdampfer an. Die Burggefährten liefen an die Reling. Kaum, daß der Landungssteg den Boden berührt hatte, sprang ein älterer, sonnenverbrannter Mann an Bord. Er trug einen Riesenblumenstrauß und schwenkte den Hut.

„Der hat es aber eilig", meinte Ajax.

Der Mann lief direkt auf sie zu. Ehe sich die Burggefährten versahen, hatte sie der Fremde herzlich umarmt.

„Einen Augenblick, bitte", sagte Wiesel und zwängte sich aus der stürmischen Umarmung. „Wer sind Sie eigentlich?"

„Wir sind nämlich der Geheimbund!" rief Ajax.

„Weiß ich!" rief der Farmer freudestrahlend. Er wies mit der Hand zum Hafen. „Seht mal!"

In Sprechchören rief eine Schulklasse: „Wir heißen den Geheimbund herzlich willkommen!"

Hüte und Blumen wurden geschwenkt. Rufe und Schreie erfüllten die Luft. Presseleute zückten ihre Kameras. Eine Wochenschau begann zu filmen.

Die Burggefährten sahen hilflos an Land. „Bitte ...", stotterte Günter, „sind die Leute ... alle ... unseretwegen ... gekommen?"

„Ja!" rief der Farmer.

In Wiesels Kopf begann es zu kreisen. Ajax fühlte ein Sausen in den Ohren. Günter wurden die Knie schwach. „Wa-warum?" stammelte er.

Der Farmer drückte die Burggefährten in einer stummen Umarmung an sein Herz. „Jetzt spitzt die Ohren", sagte er. „Ich erzähle euch nun die Geschichte ..."

Die Freunde erfuhren von Onkel Harrys Einladung auf dessen Farm. In einem Brief an die Jungen schrieb Direktor Fröhlich:

„Liebe Burggefährten! Wenn Ihr glaubt, daß Ihr allein Einfälle habt, so seid Ihr auf dem Holzweg. Wir haben auch welche. Wir wußten schon lange, daß sich hinter dem Geheimbund unsere Jungen verbergen. Onkel Harry wird Euch alles Weitere erzählen. Wie war die Reise als blinde Passagiere? Seht mal eure Kabine an — ein bißchen Strafe muß ja sein. Und nun seid recht nett zu Onkel Harry. Wir wünschen Euch recht schöne Tage in Australien. Schreibt bald!"

„Aber", stotterte Ajax, „dann hätten wir doch in der Kabine fahren können?"

Der Farmer nickte.

„Und blinde Passagiere hätten wir auch nicht zu sein brauchen!" rief Wiesel verdattert.

„Und", stammelte Günter, „und wir hätten als richtige Passagiere eine wundervolle Reise gehabt!"

Der Farmer nickte mit einem Schmunzeln.

„Und", fragte Wiesel und sah auf den Brief, „unsere Väter haben durch die Zeitungsmeldungen gewußt, daß wir an Bord sind? Und ...", er verschluckte sich beinahe, „und sie haben nicht an den Kapitän gefunkt?" Wiesel wußte nicht mehr ein noch aus. „Das ist aber eine Überraschung!"

„Jungen!" rief der Farmer laut. Seine Augen leuchteten. „Meine Farm ist für euch gerüstet. Meine Cowboys erwarten euch!"

„Onkel Harry", schrie Ajax, „wir freuen uns mächtig auf deine Farm!"

„Hurra!" jubelte Doris. „Dann kann ich euch jeden Tag besuchen!"

Günter rückte an seiner Brille. „Das war die schönste Reise unseres Lebens", sagte er.

„Und schöner war die Schiffsreise doch in der Kleiderkammer", schloß Wiesel.

Die Burggefährten nahmen Doris in ihre Mitte. Sie hoben die Hände und winkten herzlich zum Ufer hinüber.

„Parole Burggefährten!" rief Günter ein letztes Mal.

Die vier schritten mit dem stolzen Farmer durch das weite Spalier der Passagiere.

In seiner Funkkabine saß Reporter Boom und funkte die letzte Überraschung und viele Bilder in die Welt hinaus. Der Schiffsdetektiv saß in der Kleiderkammer und hielt sich den Kopf. „Ich Esel!" murmelte er zerknirscht. „Der Geheimbund hat mich schön an der Nase herumgeführt!"

An Bord gab es ein herzliches Abschiednehmen. Señor Madeira lud die vier nach Spanien ein. Der Kapitän drückte lachend die jungen Hände. Gräfin Sokowski übergab dem Farmer tausend Mark für die Jungen. Frau Winter umarmte dankbar die vier. Olaf winkte noch lange mit dem Taschentuch.

„Es lebe der Geheimbund!" rief der Farmer über das Deck. Günter, Wiesel und Ajax nahmen Doris bei der Hand. Lachend sahen sie sich an.

„Habe ich dir nicht gesagt", flüsterte Ajax, „daß wir berühmt werden?"

Ende

Gerhard W. Wolf: GEHEIMBUND

Das Geheimnis der Burghöhle

Seit einigen Tagen ist in der Stadt Eicha der Teufel los. Die Zeitung meldet: „Der Geheimbund greift ein ... der Geheimbund greift ein ... Einbrecher Kowalski verhaftet!“ Die Polizei steht vor einem Rätsel. Wer steckt hinter dem Geheimbund „Die Burggefährten“, der in Plakatanschlägen und öffentlichen Aufrufen geschworen hat, allen Verbrechern und lichtscheuen Elementen das Handwerk zu legen? Es sind drei Jungen, die in den Sommerferien, hoch oben auf der geheimnisvollen Habichtburg, diesen Geheimbund gegründet haben. Auf der Jagd nach einem Gangster stoßen sie auf die Burghöhle. Sie dringen in den unterirdischen Gang ein. Gefährliche Abenteuer erwarten sie. Werden sie das Geheimnis der Burghöhle lösen können?

Weitere Bücher aus der Reihe „GEHEIMBUND“ erscheinen voraussichtlich im **Frühjahr 1973** unter folgenden Titeln:

Das Rätsel in der Wüste

Drei gute Freunde

engelbert